그 좋았던 시간에

그 좋았던 시간에

김소연 여행산문집

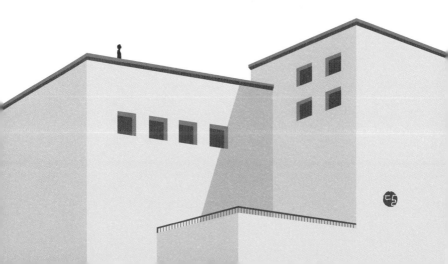

찻물을 끓이는 데에 한나절을 보냈다

Malaysia
Taman Negara

여행가방을 열고 꼭 필요한 물건을 챙겼다. 침낭. 세면도구. 수건. 속옷. 손전등. 그리고 코펠과 고체 연료. 이곳도 낯선 도시지만 더 낯선 곳으로 떠난다니 설렜다. 타만 네가라. 이곳 쿠알라 룸푸르에서 세 시간 동안 시외버스를 탄 다음, 거기서 선착장까지 두 시간 정도 마을버스를 탄다. 그리고 거기서 보트를 타고 두 시간. 그곳에 아시아에서 가장 오래된 밀림, 타만 네가라가 있었다. 짐을 최대한 줄여야 했고, 식당이 딱 한

군데밖에는 없으며 맛없고 비싸다니 비상식량을 싸 가야 했다. 커피콩을 갈아서 드립백을 만들었고 홍차나 녹차 같은 티백들을 챙겨 지퍼백에 넣었다. 소낙비가 오고 그리고 맑게 개고 그리고 무지개가 뜨고 햇살이 이 지상에 가득하게 떨어지는 오후의 광경 속에서 느긋한 시간을 보낼 작정이므로, 책 한 권과 차는 꼭 있어야 했다. 스테인리스 머그잔을 하나 챙겼다.

타만 네가라는 짐작보다 좋았다. 통나무 숙소 맞은편에는 말레이 사람들이 살고 있었다. 밀림을 한참 동안 올라가면 옛날 방식대로 살고 있는 고산족도 만날 수 있었다. 일주일 동안 매일 같은 일을 반복했지만, 매일 다른 동물과 곤충과 새를 만났다. 매일 다른 길로 접어들었다. 어제의 카멜레온이 스르르 지나간 자리에서 오늘은 전갈이 꼬리를 곧추세우고 서 있었다. 나무들은 매일 다른 그림자를 만들어주었고 매일 다른 햇살에 자기 몸을 씻었다.

"우리 여기에 좀더 있을까?"

일행 중 한 사람이 제안을 했다. 나를 비롯한 두 사람이 함께 열심히 고개를 끄덕였다. 며칠 정도를 더 버틸 수 있는지를 가늠하기 위해 지갑 속에 남은 지폐를 모두 모아보았다.

오래 있기에는 현금이 부족했다.

"일주일은 더 있을 수 있겠다!"

"어떻게?"

"저 강 건너에서 위쪽 마을로 올라가면 5링깃에 텐트를 빌려 쓸 수 있는 캠프 사이트가 있대."

우리는 당장에 짐을 싸 들고 숙소에 체크아웃을 했고 선착장으로 나가 배를 탔다. 강을 건너 캠프 사이트로 이동을 했다. 두 사람씩 텐트를 잡아 우리가 싸 들고 온 비상식량들을 꺼내어 만찬을 즐겼다. 네 사람분의 라면을 끓이는 데에 고체 연료 하나면 딱 알맞았다. 식량과 연료와 티백의 개수를 잘 세어가면서, 식사와 티타임을 위하여 잘 배분했고, 야영은 계획대로 여유로웠다. 이곳 사람들처럼 강에 들어가 목욕을 하고 머리를 감았다. 나뭇가지를 주워 와 모닥불을 피웠고, 모닥불로 밥도 끓이고 죽도 끓이고 찌개도 끓였다. 한낮에만 잠깐씩 내리는 스콜이 지나가면 옷을 빨아 나뭇가지에 걸었다.

마지막 밤이었다. 빗줄기가 점점 드세지더니, 등 아래로 빗물이 철철 흘러내리는 게 느껴졌다.

"이대로는 못 자겠어."

"너무 춥지?"

우리는 캠프 사이트 관리실로 찾아갔다. 아무도 없었다. 요를 대신할 두툼한 것이 필요했지만 구할 수가 없었다. 밤새도록 쉼없이 장대비가 쏟아졌다. 우리는 다음날 아침식사를 걱정하며 쪼그리고 앉아 쪽잠을 잤다. 아침이 되자 비는 개었지만 세상은 흥건하게 젖어 있었다. 딱 하나 남은 고체 연료를 써서 어젯밤에 남겨둔 찬밥을 끓여 나누어 먹었다. 몸의 한기가 조금 가셔졌다. 한 친구가 두 손 위에 남은 티백을 올려놓았다.

"차를 마실 순 없겠지?"

"할 수 있을 거야."

코펠에 물을 담았다. 찻물을 끓이기 위해 타만 네가라의 지도에 불을 붙였다. 불은 금세 꺼져버렸다. 땔감이 더 필요했다. 수첩을 태웠다. 찻물이 수증기를 조금 내비치려나 싶은 찰나에 불이 또 꺼져버렸다. 우리는 모두 흩어져 땔감을 찾아 헤맸다. 비에 젖지 않은 것들 중에 불에 탈 수 있는 것이라면 무엇이든 찾아냈다. 수북이 쌓인 나뭇잎더미의 맨 아래를 뒤적이자 아주 약간 젖은 나뭇잎들이 나타났다. 그것들을 끌어모아 텐트로 가져왔지만 불이 붙지 않았다. 버스 티켓, 영수증, 바우처 같은 것을 죄다 꺼내어 불을 붙였다. 찻물은 보글보글 끓기 시작했다. 우리는 모두 함성을 질렀다. 서로 얼싸안고 기뻐했다. 뜨거운 찻물을 나누어 갖고 그 안에 티백을 하나씩 담그고 두 손으로 머그잔을 감쌌다. 뜨거운 물이 그윽한

색깔로 변해갔다. 그윽한 향기가 퍼졌다. 우리는 무릎을 모으고 둥그렇게 앉아 오래오래 차를 마셨다. 차를 마시는 우리의 눈앞으로 물소떼가 지나가고 있었다. 몸속의 한기는 모두 사라졌고 햇살이 다시 열렬하게 나타나기 시작했다.

여행은 좋았나요?

Korea
Incheon

항공권을 예약하고 호텔을 예약했다가
취소를 하고 나는 집에 있어.

지난겨울에도 두 번이나 그랬는데
다음 여름에나 기약을 해두려고.

다녀온 여행기는 잘 따라 읽었어.

바닷가에서나 전망대에서나 쇼핑몰에서나
너는 아주 신이 난 사람처럼 보였어.

신이 난 얼굴,
너에게서 나는 그런 얼굴을
한 번도 보지 못했지.
너는 나에겐 그런 친구였으니까.

나는 너의 여행에 대해
상상하며 여행을 대신해.
네가 처음으로 혼자 여행을 간다 했을 때
무조건 그 말이 듣기 좋았어.

지금
너의 빈 시간들은 어떠니.
그곳에서 묻혀 온 낯선 이미지들이
네 눈꺼풀 안에서 고요히 재생되고는 하니.
그럴 때 너는 씨익 웃니.

다음엔 더 먼 곳으로 가.
더 오래 거기서 살다가 와.

그 나라의 언어로 꿈을 꾸고
아무것도 그립지 않게 될 무렵에

이 골목에서 꽃이 피고 꽃이 지고
꽃 진 자리에 별 모양의 꽃받침이
바싹 말라 부스러져가는 것을

오래오래 기억해두었다가
네가 돌아오면 얘기로 들려줄게.
너에겐 내 얘기가 시시하겠지만
나에겐 너의 이야기 사이사이에 깃든

내 얘기와 네 이야기 모두
믿기지 않는 여행 이야기로
여겨질 것 같아.

낯선 사람이 되는 시간

어제의 나와 오늘의 내가 너무 똑같다. 지루하다. 달력을 보면 자꾸 깜짝 놀란다. 벌써 날짜가 이렇게 지났나 하고. 그동안 나는 무얼 했나 하고. 거울을 보면 더 깜짝 놀란다. 간절함이 사라져버린 멍한 눈빛. 생기를 잃은 표정. 좋아해주기 힘든 표정의 내 얼굴. 들뜨거나 설레본 적이 언제였는지 까마득하다. '빠담빠담' 뛰지 않는 심장. '무덤무덤' 뛰는 심장. 심장아, 너는 주인을 잘못 만났구나.

합정에서 지하철을 타고 당산철교를 지날 때에 한강을 본다. 여의도가 보이고, 높다란 빌딩들이 보일 때마다 나는 맨 처음 상경했던 어린 시절의 내가 된다. 그때 나는 서울을 너무나 좋아했다. 서울은 이제 너무 싫은, 그러나 너무 익숙한 도시가 되었다. 서울에서 살면 자꾸 원치 않은 어떤 욕망에 감염된 느낌이 든다. 자꾸 원치 않은 길 위에 서서 원치 않은 방향으로 이끌려가는 느낌이 든다. 그래서 매번 애를 쓴다. 욕망을 점검하고 취사선택을 하느라, 방향을 측정하면서 이탈과 탑승의 타이밍을 체크하느라. 나다움을 지키기 위해 지나치게 용의주도해지고 지나치게 예민해진다. 그래서 아무것도 하지 않아도 피로하고 피로하다. 조여오는 것들에 적절하게 저항하는 것만으로도 지치기 일쑤다. 어떨 때는 멍청이가 된 것 같고, 어떨 때는 비열해지는 것만 같고, 어떨 때는 비루해지는 것만 같고, 대부분 낙오되는 것만 같다.

여름옷을 다시 꺼냈다. 거즈면의 긴팔 셔츠 몇 장과 헐렁한 바지 두어 벌. 모두 여행지에서 옷가게를 구경하다가 사 온 것들. 그리고 수영복을 꺼냈다. 전자책 몇 권을 다운받아둔다. 여행자보험에 가입하고 환전 할인쿠폰을 출력해두었다. 영하 십여 도의 날씨 속에서 움츠러들었던 어깨가 활짝 펴졌다. 며칠 뒤면 나는 여름의 나라에 가 있을 것이다. 그곳에서 가벼운 옷을 입고 가볍게 걸어다닐 것이다. 그늘에 앉아 그늘 속에 고이는 작은 시간들을 차곡차곡 주울 것이다. 온전한 하루 이십사 시간을 비단처럼 펼쳐 그 한가운데에 누울 것이다.

시인 정지용은 여행을 '이가락離家樂'이라 했다. 집 떠나는 즐거움. 나는 이 말을 좋아한다. 우선 근사한 여행지를 전제하지 않아서 좋다. 그저 집을 떠난다는 것만으로도 충분하다는 그 뜻이 좋다. 집을 떠나면 우선 나는 달라진다. 낯선 내가 된다. 낯설지만 나를 되찾은 것 같아진다. 내가 달라진다는 게 좋다. 달라질 수 있는 내 모습을 확인하는 일이 무엇보다 좋다.

여기에서의 나	여행지에서의 나
어깨에 보이지 않는 짐을 한가득 짊어지고 있다.	어깨에 최소한의 짐을 넣은 배낭을 짊어지고 있다.
침묵하고 있는 심장.	들떠 있는 심장.
모두와 너무 가깝지만 모두가 멀기만 하다.	모두와 너무 멀어서 모두가 그립다.
감정 노동만으로 쉽게 피로해진다.	걷고 또 걸어서 피곤해진다.

아무리 피곤해도 불면증.	누우면 곧장 zzzzz—
내일의 스케줄이 부담스럽다.	내일의 스케줄에 호기심이 가득하다.
모르는 사람과 대화하지 않는다.	모르는 사람과 대화하는 일이 즐겁다.
머릿속이 복잡하다.	머릿속이 단순하다.

　　몇 년 전, 인도의 작은 동네에 새벽에 도착했다. 강 하나를 건너야 예약한 숙소에 갈 수 있어서 선착장 앞에 앉아 첫 배를 기다리고 있을 때였다. 동이 텄고 동네 사람들이 강가에 모여들기 시작했다. 강가에 앉아 여자들이 야채를 다듬었고 쌀을 씻었다. 그들이 하나둘 다시 사라지자, 유치원 유니폼을 입은 아이들이 몰려왔다. 한 손에는 컵 하나가, 한 손에는 칫솔과 치약이 들려 있었다. 아이들은 재잘거리며 양치를 했고 세수를 했다. 아이들이 사라지자 이번엔 노인들이 하나둘 나타났다. 강으로 들어가 비누 거품을 내어 목욕을 했다. 겨드랑이와 사타구니를 씻다 여행자와 눈이 마주치자 손을 흔들었다. 그리고 첫 배가 왔다. 커다란 너럭바위에는 희거나 붉거나 노란 천들이 빨래가 되어 넓디넓게 펼쳐져 있었다.

낯선 생활방식을 가진 낯선 사람을 목격하는 어떤 아침에 대해 나는 시를 썼다. 익숙했던 내가 낯설어졌다. 익숙했던 것들이 각질처럼 떨어져나가고 낯선 것들이 익숙해지는 나를 만났다. 나의 시선은 타인에게서 시작되어 나에게로 되돌아왔다. 되돌아온 나의 시선에는 다행스럽게도 나에 대한 온정 어린 시선이 회복돼 있었다. 나에겐 이게 가장 반가운 일이었다.

루프탑의 널찍한 방석이나 해먹에 누워 있었다. 그때 가져간 책은 시인이자 천문학자인 프랑스 사람이 쓴, 하늘에 대한 책이었다. 과학과 종교와 문학이라는 세 겹의 시선에서 천체를 관측해낸 보고서였다. 반듯하게 누워 두 팔을 뻗은 채 책을 읽다가 하늘을 바라보았다. 어디서부터 어디까지를 '하늘'이라고 말할 수 있을지 그 시작점을 육안으로 찾아보았다. 책 속에서 말하는 '영원'과 내가 감지할 수 있는 '영원'의 차이에 대해서 생각했다. 나는 모로 누웠다. 왼쪽 페이지를 읽을 땐 오른쪽으로 누웠다가 오른쪽 페이지를 읽을 땐 왼쪽으로 누웠다. 오른쪽으로 누웠을 땐 테라스 아래로 게스트하우스 주인이 정원에 물을 주는 모습이 보였고, 왼쪽으로 누웠을 땐 옆방을 차지한 독일 남자가 물담배를 피우며 주인집 누렁이를 쓰다듬는 모습이 보였다. 밤이면 별만큼이나 모기가 많았지만, 모기들이 나의 팔다리를 독식하는 시간이었지만, 내가 우주를 독식하는 시간이어서 더없이 좋았다.

나에게 여행은 낯선 사람이 되는 시간이다. 어제의 나와 오늘의 나를 구별 짓고, 오늘의 내가 내일의 나로 기꺼이 나아간다. 낯설어져서 비로소 새로워지는 나를 자랑하고 싶을 때, 엽서를 사러 나간다. 엽서를 고르는 데에 한나절, 엽서에 쓸 문장을 고르는 데에 한나절을 쓴다. 엽서를 부치면 나는 내용을 잊는다. 그 내용을 기억하는 건 친구들의 몫이다. "나는 이곳에 와 있어"로 시작되는 엽서 한 장을 쓰기 위해서 어떤 하루를 다 쓴다.

나는 느린 사람들이 느리게 살아가는 곳으로 여행을 가고 싶어한다. 서울의 인파 속에 있으면 내 발걸음은 유난히 느리고, 나의 말과 행동은 굼뜨기 짝이 없으므로, 좀더 느린 사람 속으로 나는 들어가고 싶어한다. 느린 속도 속에서라면 나는 부족한 사람을 조금 벗어나 있다. 부족하다는 자괴감으로부터도 많이 벗어나 있다. 나보다 더 굼뜬 사람들을 바라보며 정겨워한다. 느리게 행주를 가져와서 느리게 식탁을 닦는 사람, 느리게 숙박계를 펼쳐 느리게 여권번호를 적는 사람, 느리게 방 열쇠를 꺼내어 느리게 건네주는 사람. 느리게 흘러가는 구름과 느리게 째깍거리는 초침 소리와 느리게 흔들리는 나무들. 느림을 만나려고 나는 다람쥐처럼 날쌔게 그곳으로 가고 싶어 여행을 서두른다.

여행지에서 나는 글을 빨리 쓴다. 시도 빨리 쓴다. 생각이 빨라지기 때문이다. 육체 구석구석에 깃든 권태로부터 헤어나왔기 때문이다. 못 썼던 원고들을 집중력 있게 해치운다. 생각이 끊어지지 않기 때문이다. 싹둑싹둑 잘려나가던 생각의 끈이 이어지고 불쑥불쑥 개입되던 참견들이 소거된다. 모든 것에서 느리지만 글이 빨라지는 시간. 모든 것이 정지한 시간 속에서 물끄러미 올려다본 구름처럼, 글이 유유하게 흘러간다. 그때 쓴 글들은 비교적 흐름이 좋다.

나는 또 집을 떠난다. 양말을 신지 않아도 발이 시리지 않는 곳으로. 매일매일 세면대에서 하루치의 손빨래를 하고, 매일매일 처음 가보는 골목에서 하루치의 음식을 먹고, 매일매일 처음 보는 사람과 인사를 하러 간다. "내 이름은 김소연이에요" "나는 한국 사람이에요"라는 말을 하러 간다. 포켓사전을 펼치거나 그림을 섞거나 손짓과 표정을 보태지 않으면 대화할 수 없는 곳. 겨우 나눈 최소한의 대화로만 지내는 곳. 그래서 많은 할말이 입안에 고이고 그리고 문장이 되어 나타나는 곳. "고마웠어요"라는 말과 "보고 싶을 거예요"라는 말과 "잘 지냈어요"라는 말을 남겨두고 떠나게 되는 곳. 다시 오겠지 하며 떠나지만 실은 다시 찾아가지지 않는 곳. 그런 곳을 향해서 나는 또 집을 떠난다.

곧 여행을 떠난다고 했더니 한 친구는 내게 "출장이구나?" 했다. "응?" 하고 되물었더니 "새로운 거래처에서 새로운 프로젝트를 따 오는 직장인 같아 보여!"라 했다. 그러곤 "출장이 잦네?" 하며 친구는 깔깔 웃었다. 사실, 나는 다른 나라에서 살아가고 몇 달 정도 잠시 내가 태어난 이곳으로 출장을 오는 것인지도 모른다. 생활비를 벌러. 어느새 그런 식으로 살고 있다. 그렇기 때문에 '곧 여행을 떠난다'는 표현보다는 '곧 출장을 마친다'는 표현이 더 맞을지도 모르겠다.

풀잎 바람개비

Japan
Okinawa
Kouri

강가에서 노을을 마주하고 나란히 앉은 노부부.

풀잎을 차곡차곡 접는 할아버지와

할아버지의 손동작을 바라보고 있는 할머니.

"이게 뭐예요?" 물으며 다가가자,

금니를 드러내고 활짝 웃던 두 사람.

"선물이야!"

후드티 모자가 뒤통수를 훌쩍 덮을만치 냉큼 허리를 숙여

감사하다며 인사를 했다.

하늘이 깜깜해질 때까지 뛰어다니며 놀았다.

바람이 불지 않아서, 바람을 만들며 뛰었다.

놀고 있으면 바람이 따라왔다.

잠복근무를 하는 것처럼, 바람은 행동을 개시했다.

내가 뛰어다닐 때마다.

아직 사라지지 않은 세상

Japan
Hokkaido
Taisetsu

내일이면 이정표가 사라질 수 있으니
그곳에 가려면 오늘 꼭 가라고 한다.

이정표가 사라진다니,
대체 무슨 뜻인가 싶었지만
주인장의 말을 순순히 따랐다.

이정표가 사라지면
버스는 어떻게 이 길로 지나가고
어디서 멈추고 다시 출발을 할까.

사거리가 사라진 사거리에서
외지 사람들은
어떻게 가고 싶은 곳을 찾아갈 수 있을까.

여기에 서서
버스를 기다릴 수 있는 오늘은
내일과는 분명히 다른 날이 된다.

얼마나 추울지에 대해서는 대비를 단단히 하고 왔다. 핫팩에 내복에 겹겹이 입을 따뜻한 옷가지를 잔뜩 챙겨 왔다. 하지만 언제 해가 지는지에 대해서는 미처 생각도 하지 않고 왔다. 오후 세시부터 어두워지기 시작해서 오후 네시면 칠흑처럼 깜깜해지는 곳. 기나긴 밤을 무얼 하고 보낼지 아무 준비도 되어 있질 않았다. 낮이 짧으니 해가 뜨자마자 걸음을 재촉했다. 밤이 기니 하룻밤에 책 한 권을 다 읽어버렸다. 읽을 책이 다 떨어져 심심해하던 참이었다. 휴게소에 비치되어 있던 『다이세쓰산 사계절 생태 도감』을 한 장 한 장 다 읽었다.

무료함을 달랠 수 있어서 시간 가는 줄 몰랐다. 그러고 나서야 눈을 이고 서 있는 키 큰 나무들 외에 저만치 눈에 잘 띄지 않던 나무들의 이름을 잘 알게 되었다. 그 나무들은 내가 아는 나무들이 되었다. 그러고 나서야 눈 밑으로 사라진 수많은 야생식물들에 대하여 상상할 수 있게 되었다. 바위수염, 가솔송, 바위도라지, 흰구슬나무. 그러고 나서야 여름에 다시 이 산에 와야겠다는 마음도 생겼다. 오후 네시에 해가 지지 않았더라면 생길 수 없었던 감정들이 생기게 되었다.

학교

Nepal
Chomrong

아이는
아무리 빨리 걸어도 꼴찌로 학교에 도착한다.

문제를 풀어도 점심을 먹어도
꼴찌로 끝내지만 아이는
또박또박 길을 걸어야 또박또박 글씨를 써야
꼭꼭 씹어 밥을 먹어야 행복하다.

오늘은 무릎을 타고 올라오는 개미를 보았다.

아이가 학교에 올 때처럼 열심히 열심히

한 걸음 한 걸음 개미는 아이의 무릎에 오른다.

다른 애들은 채점까지 다 끝냈는데

아이는 아직도 목요일을 쓰고 있고

개미는 아직도 아이 무릎을 오르고 있다.

히말라야에 갔다. 안나푸르나까지 걷는 동안, 나는 첫째날
부터 하산할 궁리만 했다. 등산용 옷에, 등산용 신발에, 등산
용 스틱까지 갖추고 걸었지만, 누가 뒤에서 잡아당기기라도
하는 것처럼 힘이 들었다. 숨은 헉헉댔고, 다리는 후들거렸다.
밑창이 다 닳은 슬리퍼를 신고서, 그 동네 등교하는 아이들은
다람쥐처럼 날듯이 올라갔다. 등산객들이 한나절을 다 바쳐
서 걷는 길을 아이들은 축지법을 쓰듯 단숨에 걸어갔다.

마차푸차레 봉우리가 바로 앞에 펼쳐져 있던 촘롱 로지에
서 하룻밤을 자고 일어났다. 해발 2,170미터에 있던 마을이었
다. 안나푸르나 정상까지 딱 절반이 남아 있었다. 아침 일찍
일어나 마을을 산책하다 학교를 발견했다. 아이들은 교문 앞
풀밭에 둘러앉아 영어시험을 보고 있었다. 한 아이를 한참 동
안 지켜보았다. 시험지에 또박또박 한 글자씩 적는 모습을, 간

질간질한 마음으로 한참 동안 지켜보았다. 아이는 한 글자를 쓰고 자기 무릎에 오르는 개미를 쳐다보았고, 한 글자를 쓰고 또 개미를 쳐다보았다. 그러느라 가장 늦게 끝냈지만 끝까지 답을 적었다. 나는 그때 내려가기로 결정을 했다. 정상에 오르는 대신에, 쉬엄쉬엄 내려가면서 한 걸음 한 걸음마다 거기 사는 사람들을 찬찬히 구경하기로 했다.

여행 사진

Bolivia
Potosi
Uyuni

푸석푸석한 하루를 마치고 집에 돌아와
낯선 사람으로부터 온 메일을 열어본다.
사진들이 잔뜩 담겨 있다.

내 모습이 담긴 사진들을 유심히 보다가
텅 빈 소금사막을 담은 사진을 본다.

차 한 대가 그저 지나가고 있었을 뿐이었는데
괜스레 사진을 최대한 확대해본다.

나는 떠나는 중이었다.
내가 탄 차가 멀어지고 멀어져서 점처럼 작아질 때까지
그 자리에 남아 누군간 사진을 찍었다.

보이지는 않지만 떠나는 내가
풍경이 되어 있는 모습이었다.

내가 찍은 사진을
나도 답장으로 보내주었다.

보이지는 않지만
당신을 담았다고 적었다.

우유니 투어에서 내가 만난 사람은 대만에서 온 스미스 씨
부부와 콜롬비아에서 온 마우라시오 씨와 일본에서 온 후지
와라 씨였다. 스미스 씨는 리더십이 있었고, 그의 아내는 말이
없었다. 마우라시오 씨는 사진가였고, 후지와라 씨는 몇 년째
남미를 떠돌던 여행자였다. 함께 밥을 먹고 함께 해가 뜨고

해가 지는 것을 보면서 우리는 서로의 모습을 카메라로 담았고 이메일 주소를 주고받았고 공유하기로 약속을 하고 헤어졌다. 내가 아직 우유니에 있을 때에 스미스 씨는 내 사진을 메일로 전달해주었고, 내가 여행을 끝내고 집에 도착했을 때에 마우라시오 씨에게서 메일이 와 있었다. 그로부터 몇 달이 지나서 우유니에서 보았던 풍경들을 잊어갈 즈음, 후지와라 씨에게 메일이 왔다. 후지와라 씨가 찍은 사진이 있었다. 그곳에 더 남아 있겠노라며 함께 돌아오지 않았던 그 사람은 자신이 타고 온 차가 멀리 떠나 사라질 때까지 그 모습을 사진에 담았다. 그 사진들을 열어보고서야 비로소 그 사막에 혼자 남겨졌던 후지와라 씨의 시간에 대하여 상상했다.

세 사람

Japan
Okinawa
Onna

틈만 나면 번번이 바다를 찾아가는 사람과

틈을 내어 드디어 바다를 찾아온 사람이

함께 바다를 보러 와서 함께 바닷속으로 걸어들어간다.

햇빛이 눈부셔서 나에겐 잘 보이질 않는다.

윤슬이 눈부셔서 더 보이지를 않는다.

넓은 하늘과 넓은 바다의

어디쯤에 있겠거니 하면서 나는 셔터를 누른다.

돌아와 나에게 말해준다. 자신이 본 것에 대해서.

한 사람은 수평선의 표정에 대해.

한 사람은 옆 사람의 표정에 대해.

나도 두 사람에게 내가 본 것에 대해 말해준다.

안 보이던 두 사람에 대해.

두 사람을 안 보이게 했던 빛에 대해.

이번 여행에선 친구들이 내 가방을 들어주었다. 발에 깁스를 한 탓에 내 두 손은 목발을 붙잡아야 했다. 이번 여행에선 친구들의 사진을 많이 찍어주었다. 해줄 수 있는 게 너무 없어서였다. 이번 여행에선 주로 앉아 있었다. 앉아 있는 그 자리에서 친구들이 멀리까지 갔다가 내게 돌아와 자신들이 본 것에 대해 얘기해주면 나는 귀를 기울여 그 얘기를 들었다. 상상을 하면서. 기다리고 있던 나도 들려줄 이야기가 있었다. 두 사람의 뒷모습에 대해서. 걸음걸이에 대해서. 돌아올 때에 달라진 표정에 대해서.

끝이 보이는 맑은 날

France
Paris

이곳에서 페루의 시인 세사르 바예호가 혼자 죽어갔다.
그의 형은 미겔이고, 일찍 세상을 떠났다.
어머니의 앞치마는 평생 시커맸다.

이곳에서 나는 그 누구의 그 무엇도 아닌 채 혼자 있다.
의자에 앉아 일찍 세상을 떠난 이들을 떠올리고 있다.
시커먼 그림자마저 투명하게 느껴지는 햇살 아래에 있다.

맨 처음 이 도시에 찾아왔을 때에

어린 나는 에펠탑을 제일 먼저 찾아갔었다.

대관람차를 타고 도시를 내려다보았다.

두번째 이 도시를 찾았을 때에

미술관에서 하루종일 살았다. 매일매일 살았다.

세번째에는 이 도시에 오래 살던 친구 집에 찾아갔다.

그 친구의 이야기를 듣느라, 걸었던 골목들은 기억에도 없다.

네번째 이 도시에서 나는

연일 볕 좋은 날들 속에 있었다.

아무것도 하지 않았지만 가장 먼 데까지 혼자 나아갔다.

끝이 보이는 맑은 날들이었다.

일기를 쓰려고 수첩을 꺼냈을 수도 있고 그러지 않았을 수
도 있다. 일기에 쓸 말이 하나도 없어서 수첩은 펼치기만 했
다가 다시 덮어버렸을지도 모른다. 그곳에서 나는 세사르 바
예호에 대하여 생각했다. '나는 신이/ 아픈 날 태어났습니다'
라던 그의 문장을 떠올리고 그런 문장이 어떤 순간에 태어났
는지에 대하여 상상해보았다. 더없는 햇살 아래에서 나 말고
도 그런 식으로 벤치에 누워 있었거나 앉아 있었던 사람들이
드문드문 보였던 것도 같다. 손에 쥔 빵을 먹거나 커피를 마

시거나. 빵과 커피에서 풍겨나오는 구수한 냄새를 맡으며 한
없이 삶에 이끌릴 수 있었던 그런 시간들. 그런 시간들에는
어김없이 끝에 대한 감각이 서서히 육체에 깃들곤 했다. 가시
거리가 성큼 넓어진 날씨 속에서 바예호의 수첩에나 적혔을
문장이 내 손끝에 맺히는 걸 느끼곤 했다.

퀼레퀼레

Turkey
Safranbolu

악수하던 손을 놓고 인사를 끝마치고
여자는 집으로 들어갔고
나는 배낭을 메고 뒤돌아서 걸었다.

몇 걸음을 걷다가 다시 뒤를 돌아
일주일을 드나들던 대문을 바라보았다.
또 한번 속으로 되뇌었다. 정말 잘 쉬다가 갑니다.

일주일 동안 그와 나눈 대화는
공책 한 권 분량이 되어버렸다.
말이 통하지 않아 그림을 그렸기 때문이었다.

갸름한 동그라미 하나와
두 개의 동그라미가 겹쳐진 그림을 그려서
내게 물음표를 건넸다.
삶은 계란을 먹고 싶은지, 계란프라이를 먹고 싶은지를
아침마다 나에게 물어보았다.

가방을 꾸려 내 방에서 나오기 전에도
나는 그림을 그렸다.
내가 먹었던 빵을 그렸고, 내가 잠들었던 침대를 그렸고
앞치마를 맨 그와 노래를 부르는 그의 딸을 그렸다.

그 그림들 한가운데에 커다랗게 하트를 그렸다.
터키 말로 'Teşekkür ederim(고맙습니다)'라고 적었다.

이층을 올려다보니 그는 창문으로 나를 내려다보고 있었다.
입 모양으로 잘 가라고 "궐레궐레(안녕히 가세요)"
내게 인사를 보냈다.

터키에서 나는 길을 잃고 방황한 적이 없었다. 무거운 배낭 때문에 힘들었던 적도 없었다. 누군가에게 길을 물어보면, 잘 모른다고 말하는 사람은 있어도 그 말만 남기고 그냥 가는 사람은 한 번도 없었다. 주변 사람들을 불러와서, 내가 길을 제대로 알 때까지 나를 도와주었다. 교통카드 없이 현금만 갖고 버스를 타서 당황했을 때에도, 버스기사는 괜찮다며 그냥 태워주었다. 내릴 정류장을 몰라서 옆에 서 있던 승객에게 말을 붙였을 때에도, 버스에 탄 승객들 모두가 한꺼번에 나에게 대답을 해주었다. 버스에서 내려 숙소의 위치를 파악하려고 지도를 보고 있을 때에도 누군가 다가와 배낭을 들어주고 숙소까지 동행해주었다. 민박집 여자는 배부르다고 말할 때까지 빵을 주었고, 차를 따라주었다. 매일매일 과일을 함께 먹자고 나를 불렀고, 시시때때로 차를 마시자고 나를 불렀다. 금의환향 같은 건 해본 적이 없지만, 금의환향한 자가 누렸을 법한 대접을 받았다. 터키를 여행한 다음부터는 여행가방을 끌며 길을 헤매는 듯한 여행객을 보면, 나도 터키 사람이 된다. 길만 가르쳐주지 않고 찾아가고 싶은 그곳까지 데려다준다.

보자기 옆에 보자기 옆에 보자기

Laos
Luang Prabang

    라오스의 루앙 프라방에서 지낼 때였다. 해질녘이면 야시장이 열렸다. 리넨과 실크가 엇박자를 이루며 알록달록한 무늬를 만드는 조각이불 같은 것이 높다란 벽에 널찍하게 널려 있는 입구를 지나, 수를 놓은 자그마한 손지갑이며 팔찌 같은 것을 파는 곳에 쪼그리고 앉아 나는 하나하나 그것들을 구경했다. 매일매일 그 야시장에서 저녁을 해결했고 눈요기를 하며 산책을 했다. 어느 날엔가 눈요기는 이제 그만하고 나도 기념품 하나 정도는 구매해보고 싶다는 생각을 했다. 내게 없는 물건을 사고 싶었다. 새로 장만한 노트북의 파우치를 구해보기로 했다. 한 여자아이와 눈이 마주쳤다. 등에는 갓난아이를 업고 품으로는 서너 살 정도의 아이를 안고 있었다. 나는 그 가게 앞에 쪼그리고 앉았다. 엄마가 잠시 가게를 비운 사이에 이 아이가 가게를 대신 맡고 있는 줄로만 알았는데, 좌판에 가지런히 놓인 이 파우치들을 손바느질로 이 아이가 직접 만들었다고 했다. 자부심이 배어나는 미소를 띠며 내게 용도를 물었다. 노트북을 꺼내 보이며 이것을 넣을 수 있는 크기를 원한다고 대답했다. 아이와 나는 필담을 시작했다. 그림을 그려가며 손짓을 해가며. 아이는 내일 저녁까지 만들어 올 수 있다며, 하루를 기다릴 수 있겠냐고 했다. 노트북을 떨어뜨리게 되어도 파손되지 않도록 솜을 누벼 안쪽에 댈 것을 아이는 내게 약속해주었다. 그리고 줄자를 꺼내 내 노트북의 크기를 쟀다.

다음날 저녁, 나는 야시장 입구에서 저녁을 먹고 그 아이를 찾아갔다. 그 아이는 나를 보자마자 반갑게 웃으며, 보자기 하나를 내게 내밀었다. 실크로 만든 보자기는 손바느질로 마감이 되어 있었는데, 매듭을 풀자마자 그 안에 나만을 위한 파우치가 빳빳한 형태를 드러내며 담겨 있었다. 어댑터를 넣어다닐 수 있는 자그마한 파우치 하나를 더 만들었다고 했다.

숙소로 돌아와 보자기를 다시 펼쳐보았다. 할머니가 생각났다. 엄마를 대신해서 나를 돌봐주셨던 할머니는 매일매일 보자기를 만들고 계셨다. 덕분에 내 도시락보는 색색깔로 여러 장이 있었다. 내가 김칫국물 같은 걸 조금이라도 흘리면 다른 색깔의 깨끗한 보자기로 싼 도시락을 할머니는 내게 건네주셨다. 처음 초등학교에 입학할 때에도 할머니는 공책이며 연필이며 필통 같은 갖가지 학용품을 가득 담은 보자기를 잠든 내 머리맡에 놓아주셨다. 할머니에게 축하와 선물을 받을 때마다 내 서랍 속에도 한 장 한 장 보자기가 늘어갔다. 내가 갖고 놀던 인형에게 옷을 지어주셨을 때에는 옷과 같은 천으로 된 보자기를, 나에게 블라우스를 만들어주셨을 때에는 블라우스의 체크무늬와 같은 천으로 된 보자기를, 운동화를 선물해주셨을 때에는 주머니처럼 여몄다가 다시 열 수 있는 끈 달린 보자기를, 첫 생리를 시작하던 날에는 생리대가 담긴 보자기에 손수 자수를 놓아 건네주셨다.

보자기 안에 담겼던 물건들은 이미 사용하고 지금은 기억에도 희미해졌지만, 그 보자기들은 내 장롱 서랍 속에 고이 보관되어 있다. 아끼느라 쓰지 못했다. 인형놀이를 할 때에 인형에게 이불처럼 덮어주는 정도로만 잠깐씩 사용해보았다. 지금도 가끔 꺼내어 방바닥에다 늘어놓고 다시 고이 접어 넣어두곤 한다.

풍상에 대하여

나의 얼굴에서 풍상이 배어나온다.

잠든 내 얼굴에서는 더 많이 배어나온다고 한다.

그런 나를 좋아하기 어렵다는 생각이 들 때마다

내가 좋아하는 것들에 대해 생각한다.

낡은 책, 해진 가방, 오래된 찻잔, 빛바랜 사진들……

길을 걷다가도 나는
낡은 것들에 번번이 카메라를 들이댄다.

녹슨 문고리가 있는 칠 벗겨진 대문,
주름 깊은 노인들이 나와 앉아 노는 모습,
버려진 의자, 오래된 간판, 더 오래된 거목, 더 오래된 유적지를
만날 때마다 이상한 기쁨이 차오른다.

나의 얼굴에 담긴 풍상에 대해
나의 잠든 얼굴에 담긴 더 깊은 풍상에 대해
어제는 시를 썼다.

무늬의 뒷모습

해안에서는 바다의 앞모습만 보았다.

실은 뒷모습일 텐데도.

해안에서 바다는 하얀 물거품을 거느린 파도로 보였다.

창공에서 바다는 성기게 직조된 리넨처럼 씨줄 날줄이 있었다.

올리브 이파리는 뒷모습에 은빛을 숨겨두었다.

멀리서 바라볼 때에 바람이 불 때에
올리브 나무의 은빛 뒷모습을 알 수 있었다.

고대의 프레스코화가 그려진 동굴에는
많은 사람이 찾아와 천장을 올려다보았다.
프레스코화 속 성자는 사람들이 모두 떠난 해질녘에

이 무늬와 마주한다.
그리고 생각한다. 사람의 뒷모습에 대해.
사람의 진짜 뒷모습은 뒤통수가 아니라
발자국이라는 사실에 대해.

축구공

공 하나만 있으면
골목을 가득 메우며 동네 아이들은
다 같이 어울릴 수 있다.

그럴 땐
공을 가진 아이보다 공을 가장 잘 다루는 아이가
대장이 된다.

어느 골목에서나 아이들은
축구공과 더불어 필사적이지만

경사지에 사는 아이들은
더더욱 필사적이다.
놓치면 공은 재빠르게 굴러내려가버리니까.

낯선 곳에서 만난 낯선 아이에게

아이야, 나도 실은 그때 울고 싶었어.

비록 하루였지만, 종일 네 손을 잡고 걸어다닌 곳들을

아직도 내 두 발은 기억하고 있단다.

내 손에 쏙 들어오던 너의 작고 까만 손을

아직도 나는 기억하고 있단다.

아이야, 나도 실은 그때 헤어지기 싫었어.

오직 즐거운 만큼 웃고 오직 섭섭한 만큼 우는
너의 팔딱거리던 감정들을 아직도 기억한단다.
네 작은 손에서 가는 팔뚝에서 전해오던 네 감정들을
아직도 내 손은 기억하고 있어.

아이야, 그때 활짝 웃으면서 헤어져서 미안해.
내가 웃는다고 나를 때릴 때 더 웃어서 미안해.
왜 나는 울고 싶을 때에 웃고 더 울고 싶을 때에 더 웃는 걸까.

아이야, 너는 어른이 되어서도 그렇게 하렴.
언제나 즐거운 만큼 웃고 언제나 섭섭한 만큼 울면서 살렴.
부디 그 얼굴과 그 눈빛 그대로 살렴.

정든 얼굴

India
McLeod Ganj

사진을 다시 꺼내어 들여다본다. 다시 보아도 또 놀랄만치 우리 외할머니와 닮았다. 할머니, 할머니, 하며 졸졸 쫓아다녔다. 다른 방 손님들이 정말 친손녀가 아니냐며 농담을 했다. 할머니가 지붕에 널어둔 치즈를 내려놓으라고 시키면 내려놓았고, 광에 들어가 콩을 한 사발 퍼 오라고 하면 퍼 왔다. 할머니가 장이 섰다고 놀러가자고 하면 따라나섰다. 장터에서 할머니가 풍선 터뜨리기를 해보라고 하면 풍선을 터뜨렸다.

떠나는 날 버스 타는 데까지 따라 나온 할머니에게 사진을 찍고 싶다고 말했다. 할머니는 쭈글쭈글 늙은 얼굴을 뭣하러 찍느냐고 언성을 높였다. 하지만 입은 웃고 있었다. 그러고는 할머니가 먼저 등을 돌려 터벅터벅 걸어가셨다. 버스에 몸을 싣고 나는 할머니와 나눴던 대화들을 회상했다. 그런데, 우리는 도대체 어떻게 대화를 한 걸까. 우리가 나누었던 대화는 어느 나라의 말이었을까.

여행이 가고 싶어질 때마다
바라나시를 생각한다

India
Varanasi

정말로 기나긴 잠을 잤다. 감기몸살이 찾아와버린 거였다. 열이 심하게 끓었다. 나는 어쩔 기력도 없을 만큼 지쳐 있었다. 며칠을 계속 잠만 잤다. 내가 흘린 식은땀으로 침대 시트가 흥건해져 한기가 다시 내 몸으로 돌아오는 걸 느끼면서도, 이불만 돌돌 말아 돌아누웠을 뿐이었다. 몸은 불덩이처럼 뜨거웠고, 갖고 있던 해열제를 아무리 먹어도 소용이 없었다. 계속 계속 잠을 잤다.

방이 밝아왔다 다시 어두워지는 것을 몇 번쯤 느꼈을까. 창문 쪽으로부터 부스럭거리는 소리가 들려와 눈을 떴다. 원숭이가 창문 앞에 있다가 도망치듯 멀어졌다. 저만치서 나를 빤히 쳐다보고 있었다. 언제 가져갔는지, 창가에 널어둔 브래지어를 한 손으로 빙글빙글 돌리며 나를 쳐다보고 있었다. 비웃는 듯 야릇한 미소를 짓고 있었다. 고작 원숭이였고 고작 속옷 한 장이었지만, 커다란 서러움이 밀려왔다. 나도 모를 울음을 터트렸다. 나를 지켜주던 참을성이 일순간에 와르르 무너져내렸다. 꺼이꺼이 울었다. 울면서 삭막하고 습습한 방을 둘러보았다. 매트리스에선 악취가 올라왔고 바닥에선 연미복을 입은 듯 꽁무니에 알주머니를 단, 엄지발가락만 한 바퀴벌레 한 마리가 더듬이를 쫑긋거리고 있었다. 모든 게 지긋지긋했다. 온 힘을 내어 침대 바깥으로 빠져나왔다. 중정에 있는 카페로 걸어나갔다. 눈에 잘 띄는 가운데 테이블을 차지한 채 엎드려 다시 잠이 들었다. 등이 따뜻하다 못해 뜨거워 못 견딜 지경이 되었을 때에 눈을 떴다. 천천히 고개를 들었다. 허리를 펴 사방을 둘러보았다. 웨이터가 다가와 메뉴판을 내밀고 갔다. 열은 감쪽같이 사라져 있었다. 몸이 홀가분해져 있었다. 난간 쪽으로 걸어가 갠지스강을 내려다보았다. 흙색 강물이 유유히 흘러가고 있었고, 까마귀떼가 뿌연 하늘을 누비고 있었다.

한 번과 한 번

Peru
Cuzco

그 도시에서

누구는 내 가방에 손을 넣어 지갑을 훔쳐갔고

누구는 나에게 의자를 건네며 코카차를 끓여주었다.

그 도시에서

누구는 앓고 있었고

누구는 낮잠을 자고 있었다.

그 도시에서 나는

한 번은 화를 냈고

한 번은 감사하다고 인사를 했다.

하늘과 가까웠던

그 도시에서 나는

괴로웠고

오래 머물고 싶어했다.

고산증 덕분에 호흡이 가쁘고 심장에 압박을 느끼고 두통과 메스꺼움에 시달렸지만, 그 도시가 좋았다. 가깝게 내려앉은 구름도 좋았고, 산등성이를 타고 형성된 빨간 지붕의 마을을 바라보는 게 좋았다. 거리를 걸어다니는 게 좋았다. 긴장을 바짝 하며 소매치기로부터 나를 보호하기 위해 움츠렸지만, 골목골목을 구석구석 걸어보고 싶어했다. 결국 지갑을 잃어버리고 말았지만, 당장 이 도시를 떠나야겠다 낙담했지만, 숙소로 돌아와 코카차를 끓여주는 한 사람의 미소 덕분에 오래오래 그 도시에 머물렀다.

길을 잃고서 만난 사람

Indonesia
Bali
Ubud

지도에 나와 있는 길로 접어들었던 것 같은데
어디선가부터 점점 수풀이 우거지고 벌레가 들끓고
사람이 보이질 않았다.

해 지기 전엔 돌아가야 하는데.
벌레가 물어뜯은 다리를 벅벅 긁으며 사방을 둘러보았다.
해 지기 전엔 돌아가야 하는데.

길을 잃으면서 말도 다 잃어버렸다.

내 말을 알아듣는 사람이 아무도 없었다.

도와주세요, 길을 잃었어요, 달려가 말을 붙여도 소용없었다.

어떤 사람은 본 척도 하지 않고

어떤 사람은 벙긋벙긋 웃고만 있었다.

내가 하는 말을 아무도 들으려 하지 않았다.

벙긋벙긋 웃던 사람이 다시

허리를 굽혀 논일을 시작했다.

서먹하게 웃어주던 사람이 등을 돌렸다.

길을 잃었다고 생각하다니,

나는 다시 산책을 시작했다.

그곳 사람들에게서 배운 그들의 인사말을 하면서.

　여행 안내서에 소개된 산책 코스를 따라 걷다가 길을 잃었다. 길을 잃고 헤맸지만 결국에는 누군가의 오토바이를 얻어 타고 무사히 숙소로 돌아왔다. 우붓에서 지낸 한 달 중에서, 그날이 가장 많이 걸은 날이고 가장 실컷 논밭을 본 날이고 가장 멋진 노을을 본 날이고 그 마을 사람에게 물을 얻어 마시고 간식을 얻어먹은 유일한 날이었다. 모르는 사람의 뒤에 앉아 그의 등을 꼭 껴안고 바람을 가르며 밤길을 달려본 유일한 날이었다.

두 사람

Thailand
Ko Chang

어떻게 한 사람은 두 사람이 될 수 있었을까.
도대체 얼마만큼 서로 멀리 있다가
그 옆으로 나타나게 된 것일까.

한 사람은
한 사람의 모든 것을
얼마나 알고 있을까.

함께 지낸 어제를 두 사람은
얼마나 비슷하게 기억할 수 있을까.

지금 두 사람에겐 아무것도 없다.
한 사람만이 있다.

해는 서서히 식어 붉어지고
바다 너머로 사라지고

바다 건너 먼 곳으로부터 한 겹 한 겹 파도가 도착한다.

휴양지에 가면 노는 게 도리라서 좋다. 이 세상엔 노는 사람밖에 안 사는 것 같은 착각이 생겨서 좋다. 해먹에 누워 책을 보다 잠이 드는 노인과 해변을 뛰어다니며 부메랑을 물어다주며 함께 노는 개들과 모래성을 공들여 쌓는 아이들과 웃통을 벗고 선탠을 하는 젊은이와 바닷속에 함께 뛰어드는 아버지와 딸이, 이 세상의 전부라는 착각이 생겨서 휴양지가 좋다. 온몸은 새까매지고 마음은 새하얘져서 좋다. 늠름해지고 어리석어져서 좋다.

사소하게 완벽해지는 장소

할머니 한 분이 팔다리가 유난히 긴 인형을 열심히 만들고 있다. 그 앞에 쪼그리고 앉아 바늘이 드나드는 인형의 몸통을 나는 구경한다. 인형들은 모두 머리가 두 개다. 뒤통수에도 얼굴이 있든가, 아니면 어깨 위에 머리가 두 개든가, 아니면 발 아래에 머리가 또하나 더 있든가. 호기심이 생겨 이게 뭐냐고 묻고야 만다. 빙그레 웃는 할머니는 가게 간판을 가리킨다. '투 피플'. 고개를 끄덕이자, 이 인형은 곧 너의 모습이고 그리고 나의 모습이라고, 그 모습을 형상화한 것이라고, 할머니는 보디랭귀지로 설명을 한다. 주장에 가까운, 단호한 어조로, 인형을 흔들어가며 내 어깨를 툭툭 쳐가며, 뭐라 뭐라 길고 길게 얘기를 했지만 안타깝게도 나는 보디랭귀지 이상은 알아들을 수 없다. 그렇지만 어쩐지 잘 알아들은 것 같다. 두 가지의 투 피플을 사 들고 숙소로 돌아와 창문 앞에 앉혀놓는다. 투 피플을 동행자처럼 가방에 끼우고 돌아다닌다. 사람들이 여기저기서 다가와 "이거 투 피플이지?" 인사를 건넨다. 사교적인 동행자를 구한 사람처럼, 나는 더 많은 사람들과 더 쉽게 어울릴 수 있게 된다.

일요일마다 선데이마켓을 찾아가 갖은 군것질로 저녁을 대신했다. 한번은 엄청난 비가 천둥 번개와 함께 내리치기 시작했다. 노점상들은 서둘러 물건들을 다시 싸기 시작했다. 조금 더 버티던 상인들의 물건들이 젖어가기 시작했을 때, 비는 더 거세졌고 천둥은 더 요란해졌다. 쇼핑객들이야 상가 안으로 들어가 비를 피했지만, 그 비를 고스란히 맞으며 자기 물건을 건사하느라 상인들은 바쁘게 움직였다. 한 가게에서 요란한 소리와 함께 스파크를 내며 전등불이 꺼졌다. 사람들은 고함을 지르며 물러섰다. 억수비에 모두가 소란해졌을 때, 릭샤꾼들은 손님을 태우기 위해 몰려들었다. 비에 젖은 릭샤꾼들은 손님을 태울 때마다 마른걸레로 좌석의 빗물을 바쁘게 훔쳤다. 갑작스레 큰비가 내리는 시간은 릭샤꾼들이 두 배의 요금을 받을 수 있는 절호의 기회였다.

시장에는 절대 가지 말라는 말을 들었다. 소매치기가 극성이고 이방인이 발견되면 상인들은 가만두지 않고 어떤 식으로든 골탕을 먹이고야 만다며. 나는 그 말을 전해준 선생님께, 반드시 그 시장에 들러 거기서 선생님이 사 신고 싶으셨다던 몽골 기마부츠를 무사히 사서 품에 안겨드리겠다고 큰소리를 쳤다. 소매치기가 극성이라기에 최소한의 현금만 호주머니에 달랑 넣고 울란바토르의 나랑톨시장엘 갔다.

마유로 빚은 수제치즈를 산처럼 쌓아놓고 파는 가게, 말린 과일의 주전부리를 파는 가게, 몽골 전통의상을 파는 가게, 중고 카펫을 파는 가게들을 기웃거리고 있을 때 누군가 다가와 여권을 보여달라고 말했다. 여권을 숙소에 두고 왔다고 말하자, 이곳에선 신분증 없이는 돌아다닐 수 없게 되어 있다며 신분증 미소지죄로 벌금을 내야 한단다. 몽골 사람들이 에워싸 구경했고, 나에게 범칙금을 부과한 사람이 자리를 뜨자마자 사람들은 수군대기 시작했다. 누군간 웃었고, 정확히는 비웃었고, 누군간 찡그렸다. 여행지에서는 어떤 식으로든 수업료를 치르기 마련인데, 이 정도를 군이 나쁘게 생각할 필요는 없었다.

수업료를 치른 홀가분한 여행자가 되어 다시 가게들을 기웃거렸다. 골동품을 파는 가게에서 오래 머물렀다. 러시아제 시계와 러시아제 카메라 같은 클래식한 물건들을 아주 저렴하게 팔고 있었다. 작동이 잘 되는 물건은 별로 없었다. 너무 오래 가게를 기웃거려 그냥 돌아설 수가 없어, 몽골식 자개가 놓인 자그마한 경대 하나를 집어 들었다. 흥정에 흥정을 거쳐 절반 이하의 가격으로 경대를 사 들고 한국에 돌아왔지만, 그 경대는 인사동에서 흔하디흔하게 팔려나가는 경대일 뿐이었다. 가격은 내가 산 가격의 절반 이하였다.

시장 옆에 아이들을 위한 자그마한 놀이동산이 있을 때, 그 시장은 어쩐지 완벽해 보인다. 삐걱대는 낡은 관람차와 바이킹이 있고, 오리나 곰 모양의 탈것이 있고, 공이나 활을 던져 풍선을 맞추면 커다란 인형을 선물로 주는 곳이 있고, 거리의 악사가 모자를 벗어 앞에 두고 전통악기를 연주하고 있으면 그곳은 시장이 아니라 축제의 장소 같아진다. 그들만 잘 아는 유행 지난 가수가 초대되어 무대에 오른다면 더더욱 완벽한 축제의 밤이 된다. 열광하는 인파는 거의 노인들뿐이다. 그 가수와 그 노인들은 바로 그 노래로 같은 시절 같은 청춘을 통과했음을 짐작할 수 있다. 노인들의 춤사위에서 한가락 했던 젊은 날이 배어나는 축제의 밤. 지금이 어느 시대인지는 잠시 지워지고 오직 축제가 열린다는 현실만이 존재하는 밤.

네팔에서는 꼬치구이를 팔던 청년과 오래 대화를 나누었다. 대화라고 해봐야 우리는 겨우 서로의 이름과 나이 정도를 알게 됐을 뿐이지만, 내가 양꼬치를 맛있게 먹었고 그가 나의 양꼬치를 정성껏 구워준 것이 전부였을 뿐이지만, 마치 특별한 인연인 것처럼 그는 자신의 자전거에 나를 태우고 시내를 구경시켜주었다. 히말라야를 등반하려고 찾아갔던 네팔이지만, 나는 포카라의 사람들이 옹기종기 모여 사는, 실은 꽤나 낙후된 그의 집에 초대돼 차 대접을 받았고 그의 자식들과 공기놀이를 했다. 돌멩이를 손등에 올리는 방식이나 돌을 뿌리고 집는 방식은 조금 달랐지만, 승부를 내는 방식이라든가 이긴 사람의 탄성과 진 사람의 탄식은 똑같았다. 끝내 집까지 내가 데려온 최상의 추억은 그들이 내 손에 꼭 쥐여준 공깃돌이었다.

정말로 필요한 물건인데, 이제는 어디에 가서 그걸 구해야 할지 난감할 때가 더러 있다. 고무줄이나 손톱깎이나 옷핀이나 똑딱이 단추 같은 것. 혹은 손목시계가 멈추어버려 약을 교환해야 할 때. 칼이 심하게 무뎌져서 도마 위의 식재료를 내가 썰고 있는지 뜯고 있는지 분간이 되지 않을 때. 신도시에 살던 내게는 그걸 해결할 방법이 없었다. 손목시계를 가방에 넣고 다닌 지 십수 일이 지난 다음에야, 그 모든 걸 한꺼번에 해결할 수 있는 장소가 시장이었다는 사실을 깨닫고 피식 웃었다. 칼 가는 할머니 앞에 쪼그리고 앉아 그의 날랜 손놀림에 감탄사를 추임새처럼 넣으며 한참을, 재봉틀에 앉은 할아버지의 혼잣말들을 응대하며 한참을, 건전지를 갈아주며 시계의 구석구석에 끼인 때까지 말끔하게 세척해주는 아주머니와 마주보며 한참을, 온갖 잡동사니를 산더미처럼 쌓아두고 파는 리어카에서 자잘하지만 꼭 필요했던 물건들을 하나하나 고르면서 한참을.

골목의 완성

Turkey
Istanbul

골목의 주인은
아이들.

놀이를 하고
소리를 지르고
해질녘까지 편을 나누어 뛰어노는
아이들의 머리 위에서 펄럭이는

골목의 완성은
빨래.

식구가 많으면 많을수록
긴 행렬을 만드는

운동회의 만국기 같은
알록달록한 빨래.

하나의 국가가
햇볕에 보송보송 말라가고 있다.

골목에 서서 빨래를 걷는
저 어른도

이 골목에서
태어났다 한다.

시골 마을

Japan
Shizuoka

목적지보다는

목적지에 가다가 만난

시골 마을이 더 좋았다.

시골 마을보다는

시골 마을의 사람 없는 골목이

더 좋았다.

사람 없는 골목보다는
심야에 혼자 불 켜진 라멘집이
더 좋았다.

라멘을 먹는 일보다
라멘을 먹고 돌아온 숙소의
따뜻한 이부자리가 더 좋았다.

백년 전에 지어진 집의 삐걱이는 마루를 걷는 일.
백년 전부터 그 자리에 놓인 낡은 반닫이 서랍을 열어보는 일.
백년 전의 모습과 지금의 모습을 담은 사진을
나란히 두고 보는 일.

목적지에 가서
따뜻한 음료수 한 병 사 먹고
차가운 공기 속을 걸어가는 일.

목적보다는
목적한 적 없는 것들이
언제나 좋았다.

아무에게도 알려주지 않겠다고 마음먹은 시골 마을을 발견했다. 강아지를 산책시키는 할아버지와 자그마한 와사비소금 한 병을 소중하게 포장해주는 할머니를 만났다. 그런 할아버지와 친구가 되는 그런 할머니로 늙어가야지 하며 빙그레 웃었다. 집에 돌아와 냉장고 속 어묵을 꺼내고 무 반토막을 꺼내어 멸치 우린 물에 넣었다. 팔팔 끓여 푹 익힌 어묵과 무를 와사비소금에 찍어 먹었다. 그 다음날도 먹었다.

2
부

1월 3일

델리, 비백 호텔에서

인드라간디 공항의 새벽은 그다지 위험하지 않았다. 두렵던 마음이 안도감으로 바뀌자 무거운 배낭도 가볍게만 느껴졌다. 아홉시 반에 로비에서 만나자던 인도인 가이드는 나타나지 않았다. 그 덕분에 아침부터 파하르 간즈를 헤매기 시작했다. 지도를 보고서 길을 찾는다는 게 의미가 없다는, 쉼터 주인의 말씀이 백번 옳았다. 첫 인도 식사를 했다. 커리만 먹고 두 달을 지낸대도 기뻐할 수 있을 맛이었다. 바나나 라씨를 디저트로 마셨는데 다 먹고 나자 컵 밑바닥에 파리가 익사해 있었다. 맛있었는데. 너 때문이었던 거니.

1월 5일

맥그로드 간즈, 옴 게스트하우스에서

무더운 델리에서 추운 맥그로드 간즈까지 옮겨가기 위해 이것저것을 샀다. 물건값을 깎는 치열함이 부족한 것에 한탄했다. 설사약, 모기약, 빈대약을 100루피에 구입했고, 샤워할 때 신을 조리를 샀고, 야간 슬리핑 버스를 예약했다. 열세 시간 동안 구불구불한 길을 달리는 버스 안에서, 나는 누운 채로 짐짝처럼 이쪽저쪽을 굴러다녔다. 굴러다니기 싫어서 할 수 있는 모든 동작을 펼쳐보았지만, 체육시간처럼 여겨져 관둬버렸다. 팔꿈치와 복숭아뼈에 보라색 멍을 새겼다. 해가 뜨는 다람살라를 지나 맥그로드 간즈에 도착했을 때, 꼭 보고 싶었던 그런 풍경이 펼쳐져 있었다. 몹시 추웠지만 설렜다. 무릎까지 내려오는 담요인지 판초인지 구분되지 않는 외투를 하나 사 입고, 두툼하고 목이 긴 양말 한 켤레를 사 양말 위에 덧신었다. 뜨끈한 국물이 먹고 싶어 툭파를 사 먹었다. 메뉴판을 보고 단어를 외우기 시작했다. 감자는 '알루', 콩은 '달'. 찜해둔 카페에 가려다 저녁때 가려고 아껴두었다. 찻집과 밥집을 아껴두는 마음. 여행중에는 돈보다 이게 더 두둑하다.

1월 14일

암리차르, 투어리스트 게스트하우스에서

감기에 걸려 목소리가 나오지 않을 정도가 됐다. 황금사원에 갔다. 양말과 신발을 벗어 맡긴 후 머리카락을 가리기 위해 비니를 썼다. 그러곤 시크교 사람들이 하는 것을 따라 하며 대리석 바닥을 맨발로 조심조심 걸었다. 식판과 물그릇과 숟갈을 받아들고, 식당 홀에 주저앉아 두 손을 내밀어 차파티 두 장을 공손히 받았다. 그리고 달 커리 한 국자를 받았다. 문지방을 밟지 않고 내려가거나 문지방을 자기 스카프로 닦고 자기 입술로 입맞춤을 하는 사람들을 바라보았다. 아타리 마을로 이동해 인도 국기를 사 들고 국경폐쇄식을 기다렸다. 다섯시 무렵, 닫혔던 문이 열렸고 사람들이 함성을 지르며 뛰어갔다. 이유도 모른 채 같이 뛰었다. 파키스탄과 인도 사이에 국경을 닫는 이 저녁시간을 날마다 이토록 흥분하며 환호하는 일에 동참했다.

1월 16일

자이살메르, 디팍 레스트하우스에서

비카네르를 거쳐 로컬 버스를 타고 1박 2일 동안 이동해서 여기 왔다. ATM 기기를 발견하고 30만 원을 인출했다. 어마어마한 양의 지폐가 쏟아져나왔다. 007 가방 같은 게 필요할 정도였다. 휘치 컨트리? 코리아? 재패니스? 헤이, 마담? 베리 칩! 사막이 있고, 성곽이 있고, 성 안에서 천연덕스럽게 생활을 하는 사람들이 있어 그림처럼 아름답지만, 오래 머물 수는 없는 도시였다. 관광지. 바가지요금. 호구가 된 나. 얇은 긴 팔 옷을 사려고 가게 앞을 기웃거리다가 가게 주인이 너무나 빠른 속도로 백여 종의 옷과 스카프를 펼쳐 보여, 아무 옷 하나를 집어 들고 돈을 내고 나와버렸다. 루프탑 술집에서 사람들과 어울렸다. 호객꾼이 너무 많아 이곳이 별로야, 라는 나의 말에 다른 도시들을 두루 돌다 이곳에 온 사람들이 앞다투어 말해준다. 이곳은 그나마 아주 점잖은 곳이라고.

1월 20일

우다이푸르, 드림헤븐 루프탑에서

자이살메르에선 아무것도 안 하고 루프탑에 앉아 『우파니샤드』를 읽다 시를 쓰다가를 반복했다. 릭샤꾼과 흥정을 할 때, 다른 릭샤꾼이 달려와 싼값을 제시했고 두 릭샤꾼 사이에서 주먹이 오가고 멱살을 잡고 한 사람이 한 사람을 때려눕혔다. 순식간에 동네 사람들이 몰려들었다. 그 이후로 어딜 가지 않고 지냈다. M이 오늘이 생일이라며 같이 저녁을 먹자고 했다. 생일선물을 사볼까 싶어 가게를 기웃거리다가 호숫가 근처 잔디밭에 배를 깔고 누워 시를 썼다. 공책을 한 페이지 뜯어 번듯한 글씨체로 시를 옮겨 적었다. 시를 선물로 처음 받아볼 의대생 M은 어떤 표정을 지을지 궁금해졌다.

1월 25일

우다이푸르, 드림헤븐 게스트하우스 402호에서

무슬림 축제를 보았고, 힌두 사람과 이슬람 사람 사이가 얼마나 안 좋은지를 목격했고, 유명한 유적지보다 안 유명한 유적지가 훨씬 아름답다는 것을 알면서도 자꾸 속는 일을 반복했고, 숙소 앞 화방의 미술 선생님과 세밀화 수업을 시작했다. 주택가를 걷다가 공기놀이를 하는 아이들을 만났는데, 이 놀이를 '깡까'라고 부른단다. 규칙은 우리랑 거의 똑같다가 꺾기에서부터 요령이 상당히 복잡하고 어렵다. 함께 엄청 웃으며 일곱 남매와 공기놀이를 했다. 아버지가 나타나시고, 작은아버지가 또 나타나시고, 어머니가 나타나시고, 또 할아버지가 나타나셨다. 일일이 통성명을 했고 집 안쪽으로 들어가 차이를 대접받았다. 마당이 여러 방들 한가운데에 놓인 중정형 구조였는데, 마당에 부엌이 있었다. 자이살메르에서 산 푸른색 셔츠를 빨았는데 물이 엄청 빠졌다. 인도 옷의 염색은 리필이 가능하다더니, 헹군 물에 흰옷을 담가보고 싶을 정도였다.

1월 29일

우다이푸르, 드림헤븐 루프탑에서

세탁물을 찾아왔는데, 멋지게 찢어진 나의 청바지는 모든 구멍들이 깔끔하게 누벼졌다. 세탁소 아저씨가 "이건 서비스야, 완벽하지?"라며 자랑스러운 미소를 짓지 않았더라면 화를 낼 뻔했다. J와 함께 라자스탄 전통 댄스 공연을 보았다. 그리고 J의 배웅을 받으며 터미널에 갔다. 버스에 올라탈 시간이 되자 J가 비닐봉지 두 개를 건넸다. 오렌지 세 개, 과자두 개, 바나나 세 개가 담겨 있었다. 이 애는 여기에 오래 머물면서 얼마나 많은 배웅을 이렇게 했을까. 비닐봉지를 머리맡에 놓아두고 싱글 슬리퍼 칸에 누웠다. 폭이 너무 좁아서 어깨가 꽉 들어찼다.

1월 30일

자이푸르, 아띠띠 게스트하우스에서

방이 너무 완벽하다는 사실에 설렌 나머지, 쉽게 잠이 오지 않았다. 엄청난 규모의 재래시장을 탐방했고, 하루종일 걸었다. '라즈 만디르'라는 영화관에 찾아갔다. '결혼'이란 뜻의 〈비바〉라는 영화가 상영되고 있었다. 상류층 자제인 남자 주인공은 어깨에 스웨터를 두른 채 테니스를 쳤다. 여자 주인공은 말없이 걷거나 뒤를 돌아보며 미소를 지었고, 그때마다 슬로모션으로 처리되었다. 달콤하다 행복하다 불행에 빠지는 영화를 따라 모든 관객들이 하하 웃고 엉엉 울었다. 나만 안 웃고 안 울었다. 울다가도 벌떡 일어나 영화 속 배우들과 함께 덩실덩실 춤을 추는 관객들. 어떤 흥으로 춤을 춰야 할지 도무지 난감한 나는, 일어나 옆자리 아저씨의 춤사위를 바라보며 뻘쭘하게 박수만 쳤다.

2월 1일

아그라, 락쉬미 게스트하우스에서

자이푸르에서 아그라로 오는 심야버스는 침대칸이 없어 앉아서 왔다. 외국인은 나 혼자였다. 여자도 나 혼자였다. 버스 속 인도 사람들이 밤새도록 나만 쳐다보았다. 휴게소에서는 네 사람에게서 넉 잔의 차이를 대접받았다. 운전기사의 각별한 보호를 받았다. 숙소에서 씻기만 하고 얼른 타지마할을 찾았다. 오늘의 두번째 입장객이었다. 사람이 없어 고요하디고요한 타지마할은 우아했다. 너무도 고요해 걸터앉을 때마다 졸음이 왔다. 잠깐 조는 사이에 나는 꿈속에서 릭샤꾼과 실랑이를 하고 있었고 배낭을 꼭 부둥켜안고 있었다. 할아버지 릭샤꾼은 대체로 묵묵하고 바가지를 씌우지 않는다는 것을 알게 됐다. 오늘의 할아버지는 오르막길에서 나더러 내리라고 했고 릭샤를 밀어달라고 했다. 걸을 힘도 없어 보일 정도로 깡마른 할아버지에게 거스름돈을 받지 않았고 내 가방에 들어 있던 과자를 건넸다. 길거리에 앉아 과자 한 봉지를 같이 나누어 먹었다. 그는 손주가 있는 할아버지가 맞았고, 나와 동갑이었다. 근교의 유적지를 갈 때마다 감흥은 없었으나, 내가 어떻게 여기까지 온 건데 하며 열심히 돌아다녔다. 어느 사원의 어느 처마에서 파랑새를 보았다.

2월 3일

바라나시, 강가후지 레스토랑에서

이른 아침에 바라나시에 도착하기로 되어 있던 기차는 오후가 되어서야 도착했다. 멍하게 앉아 창밖을 바라보았다. 도시를 옮길수록 나는 점점 시간에 대하여 둔감해져간다.

2월 8일

바라나시, 알카 호텔에서

　며칠 동안 쉼없이 비가 내렸다. 개는 화장터의 시체 조각을
물고 돌아다니고 소는 골목을 막아선 채로 비켜서지 않는다.
수인성 전염병이 돌고 있고 내가 아는 여행자들은 모두 고열
혹은 설사에 시달리는 중이다.

2월 12일

카주라호, 자인 호텔에서

일곱 시간이나 연착한 사트나행 기차에서, 캐나다에서 유학중인 한국 애랑 영국 남자애를 사귈 수 있었다. 셋이서 함께 카주라호 인근으로 가는 버스를 네 시간 동안 탔고, 그리고 다시 육인용 지프차에 열아홉 명이 올라타는 기염을 토하며 카주라호 시내에 왔다. 비와 천둥을 뚫고.

2월 14일

오르차, 간파티 게스트하우스에서

몹시 지치거나 몹시 울적할 때에 나는 카메라를 더 자주 들어 사진을 찍는다. 얼굴을 가리고 마음을 버리고 오직 눈을 통하여 내 눈 앞에 펼쳐진 풍경과 피사체에 집중한다. 카주라호에서 너무 많은 사진을 찍었다. 세 사람이 합심하여 함께 오르차에 가기로 약속했고, 이동수단으로 우리는 택시를 선택했다. 열 시간이 넘고 여러 번을 갈아타야 할 이 경로를 네 시간 만에 편하게 이동했다. 중간중간 휴게소에서 넉넉한 시간을 보낼 수도 있었다. 휴게소에서 바라본 시골집들은 세간살림이 훤히 다 들여다보였다. 전등불 때문에 더 훤히 보였다. 잠든 손주의 머리맡에서 부채질을 해주는 할머니를 바라보았다.

2월 16일

잔시, 기차역 VIP룸에서

잔시에서 너무 오래 대기했다. 플랫폼을 서성거리다보니 VIP룸에 불이 켜져 있었고 아무도 없었다. 직원에게 양해를 구하고 그 방에 들어가 푹신한 소파에 몸을 누였다. 천장을 기어다니는 엄지손가락만 한 바퀴벌레들이 보이면 옆으로 돌아누웠다.

2월 18일

아잔타, MTDC에서

가이드의 설명을 귀동냥하기 위해서 내내 한국단체여행팀을 졸졸 쫓아다녔다. 겨우 자리를 잡고 호텔에서 싸준 도시락을 꺼내어 점심을 먹었다. 차파티에서 신문지맛이 났다. 그마저도 원숭이가 달려들어 빼앗아갔다. 한국 여행자들과 함께, 한국 사람보다 더 한국을 사랑하는 인도 사람이 운영한다는 장미식당에 찾아갔다. 김치볶음밥, 수제비, 양념치킨, 신라면을 다 같이 어울려 먹었다. 부른 배를 두드리며 엄청난 수다를 떨었다.

2월 21일

뭄바이, 타지마할 호텔에서

무더위가 창궐하고 있다. 나는 타지마할 호텔에 묵지도 않으면서 이 호텔의 로비에서 누군가를 기다리는 척을 하며, 책을 읽거나 엽서를 쓰면서 소일하고 있다.

2월 24일

뭄바이, 아이디얼 카페에서

늦잠을 자기 시작했고 조금씩만 걷기 시작했다. 너무 덥고
습해 십 분 정도를 걷고는 아무 가게나 문을 열고 들어간다.
서점에 들어가게 되면 오래오래 구경을 하다 책을 한 권 사고
옷가게에 들어가게 되면 오래오래 구경하다 티셔츠를 하나
산다. 해 질 무렵에는 택시를 타고 마린 드라이브를 달려 초
파티해변에 간다. 어제는 잔시에서부터 함께했던 두 사람이
한국으로 돌아갔다. 가는 길에 먹으라고, 초콜릿과 과자를 건
네주고 택시를 불러주었다. 택시에 올라타 손을 흔드는 그들
의 모습을 오래 보진 않았다.

2월 27일

뭄바이, 아이디얼 카페에서

뭄바이에서는 차파티 대신 빵을, 라씨 대신 생과일주스를, 차이 대신 커피를 마시고 있다. 야간 이동중에 먹었던 차이가 옛날 일 같다. 낮에는 시원하면서도 유일하게 조용한 도서관엘 가고, 저녁 대신에 초코무스나 모카케이크 같은 것을 먹으며 날마다 축제가 벌어지는 도시를 어슬렁거린다. 한밤중에 외출하는 인도 사람들의 들뜬 얼굴을 만나러, 할리우드 영화를 보러 심야 영화관에 간다. 시끄러운 음악과 시끄러운 사교가 펼쳐지는 사람들 속에 있다가, 그야말로 잠만 자러 방에 들어간다.

2월 28일

뭄바이, 공항에서

무엇에든 카메라를 들이댔다. 지갑 속에 들어 있던 지폐와 동전을 하나하나 꺼내어 테이블 위에 펼쳐놓고서, 정겨운 간디의 얼굴들을 프레임에 담았다. 라씨 한 잔, 차이 한 잔, 커리 한 접시마저 카메라에 담아두었다. 중앙우체국에 가서 우표를 사고 엽서를 부쳤다. 깨끗하게 빨아 창가에 널어둔 운동화를 신었다. 신고 다니던 조리를 쓰레기통에 넣었다. 숙소 주인의 배웅을 받으며 공항 가는 택시를 탔다. 공항으로 향하는 그 밤길에서, '인도'라는 나라에 정이 듬뿍 들었다는 걸 깨달았다. 우다이푸르에서 만났던 J를 공항에서 우연히 만났다. J가 차이를 사주었다. 마지막 차이.

3
부

빈집

Korea
Jeju

이 집의 주인은
이 집을 버린 사람.

안에 누구 계세요?
묻지 않고 문을 슬며시 열어도 된다.

갈라진 방바닥에선

억세게 솟구친 키 큰 풀들
색을 잃은 커튼에 묵직하게 앉은 먼지들

누군가 다녀간
숱한 신발 자국들
숱한 낙서들.

해가 뜨면 빛이 들고
해가 지면 어둠이 드는

이 집의 손님은 허리를 구부려
방바닥에 널브러진
인형을 줍는다.

　　폐가에 들어가본 적이 몇 번 있다. 커다란 철제 대문 사이로 아무도 살지 않는 저택과 마당을 들여다보는 일이 동네 아이들에게는 놀이에 가까웠다. 잔디보다 더 키가 크게, 잔디보다 더 힘차게 잡풀들이 그 마당을 가득 메우고 있던 풍경을 나도 동네 아이였으므로 빠끔히 들여다보곤 했다.
　　어느 날에는 아이들과 함께 담을 넘어 그 집에 들어갔다. 현관문은 잠겨 있지 않았다. 거미가 과감하게 가로지르며 집을 지어낸 그 집 거실을 기웃거렸다. 거실 벽면에 말쑥하게 차려입은 사람들의 사진이 커다랗게 걸려 있었던 장면도 기억이 난다.

어느 해 여름에는 친구의 고향집 시골 마을을 돌아다니다 폐가에 들어갔다. 작은 대문 옆에 걸린 우편함에 비에 젖었다가 다시 말라버린 고지서며 편지 같은 것들이 터질 듯이 꽂혀 있었다. 청첩장 같은 것도, 연하장 같은 것도, 성탄 카드 같은 것도 꽂혀 있었다. 너무 오래되어 흰 봉투가 누렇게 변해 있고 제대로 다물려 있지도 않았다. 이 집의 주인인 양 그것들을 꺼내어 읽어보았다. 모르는 사람의 이름을 한 글자 한 글자 읽어보았다. 다시 우편함에 꽂아두고 집 안으로 들어가보았다. 아무도 없지만 누군가 있는 것만 같았다. 누군가가 있었으니까. 노인이 살았나보네. 아이가 살았나보네. 남아 있던 것들을 통해서 살았던 사람을 상상해보았다.

이끼 순례

폐사지廢寺址들을 두루 방문하고 나서 내게 남은 잔상은 오
로지 이끼였다. 햇빛이 비스듬한 시각, 곁에 있는 사람의 옆
얼굴에서나 보이던 솜털 같은 이끼. 길에 카펫처럼 깔린 이끼,
바위를 망토처럼 덮고 있는 이끼, 불상에 표정처럼 끼인 이끼.
팔다리나 머리가 잘린 채로 훼손된 석상도 아름답게 감싸며
세월의 깊이를 풍겨오던 이끼.

야쿠시마에서 이끼연구가를 우연히 마주친 적이 있었다. '이끼의 숲'이라 일컬어지는 야쿠시마의 숲 해설가로 활동하고 있는 유럽 사람이었다. 나는 이 폐사지들을 점령하고 있는 이끼들을 보면서, 보통명사와도 같은 이끼로 그것들을 부를 수밖에 없는 내 자신이 아쉬웠다. 고유한 이름들로 그 이끼들을 하나하나 구별하고 이름을 부를 수 있었으면 했다.

시간이 덧없이 흘러간 흔적을 보았다고 표현해야 할까. 아니면 시간이 켜켜이 쌓여갔다고 표현해야 할까. 버려진 장소라고 느꼈다면 덧없는 시간의 흐름이 더 느껴졌을 것이지만 그렇지만은 않았다. 그 장소가 이끼에게 오랜 세월에 걸쳐 천천히 천천히 스스로를 내어준 것 같은 느낌을 받았다. 그곳은 무언가가 뿌리를 내린 장소였다.

이끼는 장소의 허락을 받은 듯이 온전히 그곳을 차지했다. 폐사지들은 시대와 사건들을 초월한 채로 이끼의 장소가 되어갔다. 거기에 아침부터 저녁까지 햇살이 깃들고, 자주 바람이 훑고 지나가고, 가끔 빗방울이 차곡차곡 쌓여갔을 것이다. 그 곁에 인간의 무덤들이 들어서도 이끼는 구분 없이 그곳으로 번져갔다. 서로 다른 목적과 서로 다른 시간을 이끼가 어우르고 있었다.

하나의 석불 앞에는 반드시 한 송이의 꽃이 꽃병에 담겨 있었다. 고양이가 다가왔다 멀어지고, 새소리가 들리고, 강줄기가 지나가는 물소리가 합쳐졌다. 폐허에는 언제나 온전치 못함에서 발생되는 아름다움이 아니라 아름다움의 이면을 간직한 아름다움이 배어 있다. 훼손된 채로 세월 속에 간직되어 있는 그 자체가 주는 아름다움. 비극과 참담과 세월. 이 세 개의 꼭짓점이 먼 곳에서 한데 만나는 소실점 같은.

아무에 대하여

앉을 데가 있어서
앉는 게 아니라

앉고 싶으면
아무데에나 앉는 것에 대하여.

살 데가 있어서

집을 얻는 게 아니라

살고 싶으면
아무데에나 짐을 푸는 것에 대하여.

갈 데가 있어서
떠나는 게 아니라

떠나고 싶으면
아무데에나 가는 것에 대하여.

말할 게 있어서
사람을 만나는 게 아니라

사람을 만나서
어떤 말이든 하는 것에 대하여.

　　오늘은 유난히 서 있는 시간이 많았다. 광주에 가야 하는데
기차표 예매를 하루 전에 했다가 입석밖에 남아 있지 않았던
것이 그 시작이었다. 간이의자는 이미 누군가가 다 차지해 있
었다 돌아오는 기차에서는 아무데나 앉고 싶다는 생각을 해

보았지만 아무도 그러질 않아서 나도 그냥 서 있었다. 여행지에서 아무데에나 철퍼덕 앉곤 하던 기억들이 떠올랐다. 오늘처럼 누군가가 불러준 것도 아닌데 나는 여기저기 매일매일 쏘다녔다. 오늘은 누군가가 몇 번이며 꼭 내려오라고 불러주어서 찾아간 것인데, 아무 이유가 없을 때보다 조금쯤 기차를 타는 일이 즐거웠을 법도 한데, 그런 마음이 생기질 않았다. 피곤함이 밀려오는 귀갓길에 버스 정류장에 서서 생각했다. 오늘은 유난히 서 있는 시간이 많았구나 하고. 이런 날의 피곤함은 왜 달지 않을까 하고. 아무래도 나는 아무렇지도 않고 아무 이유도 없는 것에 관해서만 홀가분해하는 사람이 아닐까 하고. 그리고 시를 썼다. 우는 게 마땅할 순간에도 울지 않는 나에 대하여. 아무 이유가 없고 아무도 없는 데에서나 울고 싶어지는 것에 대하여.

여행 멈추기

Portugal
Portu

호주머니에서 열쇠를 꺼내
문을 열고 들어가
우선 냉장고 앞에 선다.

냉장고 문을 열고
달걀과 감자와 양파와
피망과 샐러리와

생수와 우유와 치즈를
멜론과 토마토를
냉장고에 칸칸이 채워넣는다.

남이 쓰던 그릇을 꺼내고
남이 쓰던 냄비를 꺼내고

혼자를 위한
요리를 시작한다.

설거지를 하고
양치를 하고

창문 바깥에 널어둔
빨래를 걷는다.

차곡차곡 개어
트렁크에 담는다.

그러면 해가 진다.
그러면 밤이 온다.

다음날 아침
출근하는 사람들을 구경하고
가게문을 여는 사람들과 인사하고

오늘은 무얼 할까
생각을 해보지만,
익숙해진 골목을 걷고 걷다

또 오늘치의 장을 보고
집으로 들어간다.

어떤 여행지에서는 여행을 멈추는 게 더 좋은 여행일 때가 있다. 여행을 멈추고 방을 얻어 많이 자고 많이 먹으면서 많이 쉬는 것이 더 좋은 여행이 될 때가 있다. 이렇다 할 찾아갈 장소가 있는 것은 아니지만, 아무것도 없는 장소인 것은 아니다. 그곳은 지내기 좋은 빵집과 찻집이 있고, 오래 머물기 좋은 서점과 도서관이 있고, 무엇보다 모든 것이 저렴하다. 모두가 인심이 좋다. 그런 도시에서 방을 얻어 한참 동안 머물고 나면 또다시 무거운 배낭을 짊어지고 여행을 떠날 힘을 얻는다.

잠든 친구의 얼굴

우리는 이십 일 정도를 함께 여행했지만, 아직 우리의 일
정은 열흘 정도가 더 남아 있었다. 남은 날짜를 날마다 세어
보며 우리는 시간이 너무 늦게 흐른다고 느꼈다. 어서 집으
로 돌아가고 싶었지만, 친구에게 미안해서 표현은 하지 못했
다. 여행 시간이 쌓여갈수록 우리 사이엔 미묘한 기운이 쌓여
갔다.

그 지역에서 가장 좋은 숙소를 잡아도 불편하기는 마찬가지였다. 누우면 매트리스의 스프링이 등으로 느껴졌고 덮은 이불에서 빈대가 발견되었다. 천장에선 쥐가 뛰어다녔다. 누워서 살펴보면 천장 어딘가에 검은 구멍이 있었다. 저 구멍은 쥐를 잡으려고 일부러 뚫어놓은 것일까, 리모델링을 하면서 놓친 부분일까. 잠이 오지 않는 밤에 우리는 각자의 침대에 나란히 누워 그 구멍에 대한 토론을 했다. 쥐가 툭 하고 떨어질까 걱정하느라 늘 얕은 잠을 잤다. 음식을 먹고 나면 둘 중 한 사람이 설사를 했다. 세계적인 명성이 있는 브랜드의 호텔 레스토랑을 찾아가기도 했다. 그곳도 위생 상태는 마찬가지였다. 웨이터가 갖다준 메뉴판부터 꼬질꼬질했다. 길에서 일어나는 온갖 성희롱 정도는 애교로 넘길 수 있을 만큼 모든 여건이 험악했다. 친구의 건강 상태가 나날이 나빠지고 있는 게 가장 큰 문제였다. 약국에서 온갖 보디랭귀지로 가져온 연고와 소염제는 친구의 상처에 별 도움이 되질 못했다. 친구는 나에게 남은 여행은 혼자서 하라고 말했다. 아무래도 리턴티켓 날짜를 앞당겨야겠다고. 버티듯 날짜를 때우며 여행하는 건 너무 의미가 없다고. 나를 위해서라도 끝까지 여행을 하고 싶었지만 몸이 힘들어서 더는 안 되겠다고.

나는 친구와 함께 숙소 옆 여행사를 찾아갔다. 이삼일 뒤의 인천행 비행기에 여석이 있는지를 알아보았다. 여석이 넉넉하다는 정보를 듣고 나도 리턴 날짜를 앞당겼다. 내가 먼저 말을 꺼내지 않았을 뿐, 상처가 덧나며 몸 상태가 나빠지는 일이 내게는 일어나지 않았을 뿐, 어서 빨리 집에 돌아가고 싶은 마음은 내 마음 구석에도 늘 자리잡고 있었던 터였다. 국제공항이 있는 대도시행 버스도 예약을 해두었다. 두어 도시를 경유해서 이틀에 걸쳐 가야 할 거리였지만, 우리는 다이렉트로 갈 수 있는 버스 티켓을 예매했다. 슬리핑 버스의 VIP석을 나란히 끊었다.

여행 계획을 짤 때부터 나는 친구에게 힘을 주어 강조했다. 짐작했던 것보다 더 고된 여행이 될 거라고. 짐은 정말로 최소한만 가져가야 한다고. 필요한 것은 그곳에서 다 구입할 수 있다고. 친구는 내 충고를 아주 잘 숙지했다. 그래서 갑자기 필요한 물품이 생겼을 때에 그걸 구하는 일이 쉽지 않다는 것을 하루에 한 번은 겪으며 지내게 되었다. 찰과상을 입었을 때를 대비한 상비약이 아무것도 없었다. 상처 부위를 소독할 방법이 없어서 물로 씻고 말았다. 상처는 곪아갔고 노란 고름이 차올랐고 걸을 때마다 욱신거렸다. 둘 중 한 사람은 늘 아팠다. 하나를 해결하면 다른 하나의 해결할 일이 생겼다.

계획을 딱히 짜지 않고서 한 지역에 머물다 홀연히 다음 지역으로 이동하자는 약속은 비교적 잘 지켜졌다. 상상했던 것보다 시시했던 도시에서도 우리는 숙소의 테라스에 앉아 두런두런 끝없이 이야기를 나누며 시간을 썼다. 별것 아닌 해프닝도 함께였기 때문에 더 깔깔대며 즐거워했다. 낮에는 서로의 미간에 빈디 스탬프를 찍어줬고, 밤에는 침대와 침대 사이에 서서 발차기를 하며 어린 시절에 배운 태권도 시범을 보여줬다. 더러는 원고를 쓰고, 더러는 낮잠을 잤다. 자주 책을 읽었고 다 읽은 책은 서로에게 대여했다. 같은 숙소에 머무는 사람들과 괜스레 합석을 한다거나 같은 기차 칸에 탄 사람과 오래 이야기를 나누게 되는 사건 같은 건 일어나지 않았다. 그래서 오히려 다행이라고 생각했다. 혼자 이곳을 여행했던 때에 오래 이야기를 나눈 사람으로부터 두세 번쯤은 성추행 비슷한 것을 겪기도 했고, 숙소를 추천받는다거나 여행사를 추천받았다가 사기를 당한 적도 두 번쯤은 있었기 때문이었다. 일행이 있었기 때문에 불상사가 저절로 차단될 수 있었던 것은 불필요한 우연들이 곳곳에 포진된 혼자만의 여행보다 분명 나은 점이었다.

함께하는 여행에 좋은 일이 생길 때에 좋은 일이 더 입체적이게 느껴지는 것과 마찬가지로, 함께하는 여행에 나쁜 일이 생길 때에는 나쁜 일도 더욱더 도드라졌다. 좋은 것에도, 나쁜 것에도 즉각적으로 입 바깥으로 표현하며 동행자와 함께 그 감정과 소회를 공유하기 때문이다. 나쁜 일에 대한 푸념이 하루의 여백 곳곳에 전시되었다. 먼저 여행을 제안한 것부터 소급해서 반성과 후회를 범벅하며 이유를 알 수 없는 한숨을 짓는 나와, 매번 푸념을 앞세웠다 나의 한숨 때문에 또다시 푸념을 거두며 한숨을 짓는 친구. 우리 둘의 남인도 여행은 이렇게 요약이 되었다. 그리고 서로에 대한 어딘지 모를 불편함을 안고서, 슬리핑 버스의 한 칸씩을 차지하며 각자 누워 커튼을 친 후, 우리 둘은 비로소 혼자가 되었다. 구불구불한 길을 지날 때에는 누운 채로 이리저리 굴러가며 끝없는 잠을 잤다.

기나긴 꿈을 꿨다. 꿈속에서 나는 혼자서 북인도를 여행하고 있었다. 이 년 전, 혼자 누비고 다닌 북인도의 곳곳이 꿈속에 고스란히 등장했다. 이른 새벽에 새로운 도시의 기차역에 도착한 채로 40리터가 넘는 배낭을 메고 숙소를 찾아 반나절을 헤매던 골목들. 작은 가방을 빼앗아 달아난 소매치기를 쫓아 뛰어가던 교차로. 꼬마들이 일제히 달려들어 내 배낭을 끌어내리던, 어떤 숙소 앞. 엉덩이를 만지고 지나가던 남자애를 끝까지 따라가 밀치고 발길질을 할 때에 나를 만류하던 낯선 사람들……. 그때 나는 두 달간에 겪었던 부당한 대우들을 모두 화풀이하겠다는 듯한 기세로 그 아이를 쫓아갔다. 내가 그렇게까지 화가 난 상태라는 것도, 만류하던 사람들 덕분에 정신을 차리고 나서야 알았다. 그때 나는 길가에 털썩 앉아 소리내어 울었다.

잠이 깨어 눈을 떴을 때, 창 바깥에는 뿌연 안개가 뒤덮인 대도시가 있었고, 말끔하게 차려입고 출근하는 인파를 한가득 실은 버스가 지나가고 있었다. '아, 아직 내가 인도에 있구나!' 했다. 비몽사몽 잠깐의 시간, 나는 이 년 전부터 내내 그 골목에 앉아서 울고 있어왔거나 이 슬리핑 버스 속에 누워 있는 줄로만 알았다. 여기는 두번째로 찾아온 인도이며, 이 년 전과 달리 친구가 옆에서 동행하고 있다는 걸 한 박자 늦게 알아챘다. 지금 집에 돌아가는 중이라는 것도. 나는 슬리퍼를 꺼내 신고 버스 복도로 나왔다. 친구 방의 커튼을 열었다. 친구는 전에 없던 평화로운 얼굴로 꿀 같은 잠을 자고 있었다. 인기척을 느껴 친구가 눈을 떴을 때, 나는 나도 모르게 친구에게 고백했다. 고맙다고. 옆에 있어줘서 너무 안심이라고.

아웃을 앞두고 이틀 정도 머문 대도시에서 우리는 도시생활을 압축적으로 만끽했다. 마치 그동안의 오지생활을 서로에게 보상이라두 해주겠다는 듯이, 쇼핑을 하고 카페에 가고 맛집을 찾아다녔다. 여행을 끝까지 하지 않아 남은 경비가 많았으므로, 물 쓰듯 돈을 썼다. 무조건 어울린다고 말해주고 무조건 기념이 되겠다고 말하면서 아무거나를 사들였다. 다시 꺼내어 입을 리 없는 옷을, 다시 꺼내어 신을 리 없는 샌들을. 다시 꺼내어 들춰볼 일 없는 책을. 그렇게 가방을 두 배의 무게로 늘려 우리는 집으로 돌아왔다.

여행가방을 정리하고 나서 가장 먼저 친구에게 편지를 썼다. 꿈 얘기를 적었다. 비몽사몽간에 꺼낸 고맙다는 말에 어떤 의미가 담겨 있는지를 적었다. 며칠이 지나서 친구에게 답장을 받았다. 친구는 다음번엔 럭셔리한 휴양지로 같이 여행을 가보자고 했다. 친구는 휴양지에 혼자 여행을 갔다가 후회만 안고 돌아왔다고 했다. 모든 아름다운 장소에서 셀피만 찍느라 자기 얼굴만 커다랗게 남아버렸다고. 멋진 레스토랑에서 마주앉아 음식을 나눠 먹는 여행자들이 내내 부러웠다고. 그리고 우리는 각자 여행지에서 찍어준 서로의 사진을 교환했다. 사진 속에서 친구는 내내 웃는 얼굴이었다. 불편하거나 아픈 기색은 사진에는 없었다. 친구의 사진 속에서 내 모습도 그랬다. 여유가 넘쳤고 한가하고 평화로워 보였다.

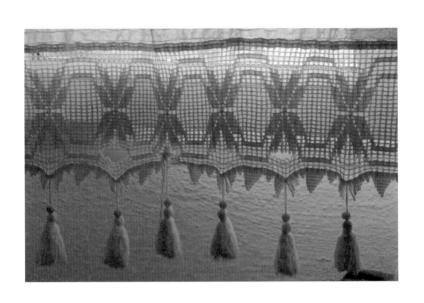

겨울에 꺼내는 여름

어떤 날은 외투가 무거워 집에 일찍 돌아옵니다.

외투를 벗고 잠옷을 꺼내 입는 홀가분함을 겨울이라 불러봅니다.

외출모드의 보일러를 적정온도로 맞춰서

방바닥이 따뜻해지길 기다립니다.

무릎 담요도 덮었지만 수면양말도 필요합니다.

성에가 낀 북향 창문을 열면 매서운 바람이 기습해 들어옵니다.

이제는 앙상해져 볼품이 없는 숲을 내다봅니다.

담요를 벗고 카디건을 벗고 양말을 벗고 잠자리에 듭니다.

두꺼운 이불을 덮어도 코끝이 약간 시립니다.

발이 이불 바깥으로 빠져나오지 않게 몸을 웅크립니다.

깜깜한 방 안을 빽빽하게 채우고도 남을 만큼의 생각들이

차례차례 펼쳐집니다.

여름이 펼쳐집니다.

시원한 바람이 땀을 식혀주던 바다가 펼쳐집니다.

뚜벅뚜벅 멀리까지 걸어가는 내가 보입니다.

어느덧 몸에서 살얼음이 빠져나가고 어느덧 잠이 듭니다.

겨울은 여름을 떠올리기 가장 좋은 계절이다. 여름을 떠올리며 그때 미처 하지 못했던 한 가지를 아쉬워할 수 있는 계절이다. 여름을 열렬히 그리워하는 밤. 성에가 낀 얼룩덜룩한 유리창을 보면서, 다음번 여름엔 소낙비가 내릴 때에 유리창 청소를 해야겠다고 생각한다. 그래야 창 바깥에 서 있는 메타세쿼이아 숲을 선명하게 내다볼 수 있을 거라 생각한다. 귤피차를 마시다 안경알에 낀 성에가 사라지길 기다리는 잠깐 동안에, 여름의 냄새가 다녀간다. 겨울의 반대편에 여름이 있다는 것을 떠올리며 입꼬리를 올리며 씨익 웃는다.

누구나의 나무

Japan
Hokkaido
Biei

친구의 집 거실에서
한 그루 나무 사진을 보았다.

어디서 만나본 적 있는 것만 같고
그랬을 리는 없는 것만 같아서
자꾸만 눈길이 갔다.

친구는 사진 선물을 받았을 뿐
어디에 서 있는 나무인지는
모른다고 말했다.

어디인지 모르니까
이 나무를 바라보면 더 좋다고
아무데에도 없는 나무 같다고 했다.

십 년이 지나고
십오 년이 지나서야
그 나무를 나는 만나게 되었다.

어디서 만나본 적 있는 것만 같고
그랬을 리는 없는 것만 같아서
자꾸만 나무를 쳐다보았다.

이십 년이 지나서야
그 나무는 모두가 좋아하는 여행지에서
모두가 한 번씩 사진에 담는
나무라는 걸 알게 됐다.

너무나 유명한 나무 한 그루라서, 누구나가 한 번쯤 사진에 담아봄직한 나무라서, 그 나무를 어디서 본 적이 있었던 것이다. 본 적이 없을 수가 없었던 것이다. 너무나 흔한 사진이라서, 별다를 게 없는 사진이라서, 게다가 한 그루 나무 사진이라서, 나는 본 적이 있다는 것을 기억하지도 못했다. 본 적이 없는데 본 것 같은 느낌을 다만 신기해했다. 한 그루 나무일 뿐이지만, 이 나무가 누구나의 나무인 것이 좋다. 모두가 찾아와 사진에 담게 되는 나무라서 좋다. 누가 사진에 담아도 멋질 수밖에 없는 멋지게 생긴 나무라서 더 좋다. 무엇보다 이 나무를 맨 처음 만났던 그 거실을 떠올릴 수 있어서 좋다.

남루함이 빛난다

Italy
Firenze

엄마는 팔십 평생을 보아왔어도
해 지는 모습은 질리지가 않는다 하셨다.
엄마의 남루한 가구들의 모서리가 반짝거렸다.

프라하, 산토리니, 피렌체……
해가 지는 걸 보겠다고 모여든 여행자들 사이에서
나도 눈을 가늘게 뜨고 오직 지는 해만 바라보았다.

아침 일찍부터 돌아다녀
발은 붓기 시작하고
땀을 흘려 옷에서는 짠내가 나고
꾀죄죄해진 몰골이었지만

황금빛을 받아
잠시나마 나는 빛이 났을 것이다.

오늘도 꿈같은 하루였구나 생각하며
배낭 속에서 카디건을 꺼내 입고서
쌀쌀한 황금빛 골목을 터덜터덜 걸어
숙소로 돌아갔을 것이다.

표표하게

　"이제 가자."

　미련 없이 뒤를 돌아 우리는 걸어갔다. 길은 힘차게 뒤로 물러났고 가로수들이 힘차게 다가왔다가 뒤편으로 물러섰다. 모퉁이를 돌았을 때 우리 앞에 커다란 동굴이 나타났다. 우리는 동굴 속으로 들어갔다. 울퉁불퉁한 벽면이 황톳빛 흙으로 뒤덮여 있었다. 구수한 흙냄새를 맡았을 때에 한쪽 벽면에서 웅장한 벽화가 그려지고 있었다. 터키블루색을 지닌 사원이었다. 둥글고 뾰족한 지붕이 겹겹이 쌓인 커다란 사원이었다. 사원은 그림이었지만 부조浮彫처럼 천천히 도드라져 솟아났다. 사원의 모서리마다 황금빛 햇빛이 날렵하게 비추기 시작했다. 사원은 점점 불거져 나왔고, 더이상 벽화가 아니었다. 벽에 붙어 있는 거대한 건축물처럼 입체감이 뚜렷해져갔다.

'이런 건 사진을 찍어둬야 해.'

메고 있던 카메라의 렌즈 캡을 벗기고 카메라를 얼굴에 가져갔다. 그리고 사원이 솟아나오고 있는 벽면의 반대쪽으로 바싹 몸을 붙였다. 프레임에 사원이 다 담기지 않아서 벽으로 더 바싹 몸을 붙여보았다. 거리가 좁아 사원의 절반도 프레임에 들어오지 않았다.

'에이, 어차피 꿈인데 뭐.'

꿈에서 본 장면 따위, 사진에 담아봤자 그 사진 또한 꿈속의 일인 것을. 애태우며 노력하고 있는 게 우스워졌다. 그러곤 꿈에서 깨어났다.

이 꿈을 꾼 이후로, 여행지에서건 어디서건 나는 사진을 건성으로 찍는 나쁜 버릇이 생겨버렸다. 터키의 에페수스에서 기원전의 도시 위에 서 있었을 때에도, 지중해의 옥빛 바다가 눈앞에 펼쳐졌을 때에도, 지난 유월 제주도의 예쁘고 구불구불한 돌담길을 걸을 때에도, 불쑥 고라니가 튀어나와 나를 한참이나 바라볼 때에도 나는 사진을 찍지 않았다. 카메라를 그냥 가방처럼 메고 있었을 뿐이었다. 아름다움을 목격하는 일에는 실컷 그걸 지켜보는 사람이 되었고, 아름다움을 기록하는 일에는 한껏 건성인 사람이 되었다.

오래도록 밟아서

Croatia
Dubrovnik

오후 네시의 비스듬한 햇빛이
지붕의 경사면을 따라 길바닥에 닿을 때

소실점의 저편에서
그 길을 따라 이쪽으로 누군가가
천천히 걸어오고 있을 때

그의 그림자가

길 위에 길게 드리워질 때

비로소

길이 모든 것을 갖추게 될 때

그 길을 오래 지키고 있던 사람이 되어보려고

나는 최대한 몸을 접어

가장 낮은 위치에서 카메라를 든다.

무릎을 꿇고

허리를 숙이고

고개를 숙인다.

누가 보면

느닷없이 기도를 하려는 것처럼

보일 것이다.

돌고래를 만난 걸까

Indonesia
Bali
Lovina

돌고래를 만날 수 있다고 해서 찾아갔다.

동이 틀 무렵 배를 타고서

수평선을 향해 나아갔다.

돌고래를 찾아서

배가 이리저리 방향을 바꿀 때

돌고래가 저만치에서 뛰어노는 것을 보았다.

배는 돌고래를 향해
가까이 더 가까이 다가갔다.

돌고래와 가까워졌을 때에야
돌고래가 도망을 치고 있다는 걸 알았다.
필사적으로 돌고래는 헤엄치고 달아났다.

도망을 치느라
죽을힘을 다해 헤엄치는
돌고래를 보았다.

바다에서 헤엄치는 돌고래를 가까이에서도 만날 수 있다
는 얘기를 들었을 때, 이런 경우라면 만나러 가도 좋겠다며
설레며 찾아갔다. 배를 타고 바다 깊은 곳까지 들어갔을 때
여기저기에서 돌고래가 뛰노는 장관을 보았다. 기쁘게 카메
라를 들고 사진을 찍어댔다. 바다에서 유유히 뛰어노는 돌
고래를 드디어 만났다고 좋아라 했다. 돌고래가 두려움에
떨며 온 힘을 다해 도망을 치느라 정신이 없었을 그 순간에.
내가 만나러 간다고 설레할 때에 누군가가 소스라치게 놀라
두려움에 떨며 도망을 쳤다.

십 년 후

Peru
Machu Picchu

십 년 전,

네발짐승이 되어

이곳을 달려 올라가는 꿈을 꾸었다.

손톱으로 흙을 캐듯 달렸다.

기다란 혀를 빠르게 놀려

연못에 고인 물을 마셨다.

꿈속에서 나는
날렵한 짐승이었다.

들개였을 수도 있고
치타였을 수도 있다.

높이높이 단숨에 올라갔다.
달리는 게 전혀 힘들지 않았다.
단지 목이 말랐다.

웅덩이에 고인 물을 마시던
힘찬 혓바닥과
질주하는 방법을 잘 알고 있던 네 개의 다리를
꿈에서나마 잠시 가진 적이 있었다.

십 년 후,
다시 나는 그곳에 갔다.
버스를 타고 올라갔다.

새벽 일찍 서둘러 보온병에 뜨거운 차를 넣고
배낭과 우비와 털모자를 챙겨서

꿈이 꿈 바깥으로 뻗어나와

현실로 도래한 세계를

만나고 왔다.

나는 잠에서 깨자마자 내 손톱부터 살폈다. 손톱 끝이 아려서 잠에서 깨어났던 것이다. 꿈속에서 짐승이 되다니. 짐승의 심장과 짐승의 근육을 활달하게 사용해보다니. 그 느낌을 내가 느낄 수 있었다니. 혓바닥으로 퍼마시던 웅덩이의 물맛을 알 수 있다니. 나는 도대체 어디를 그렇게 달려서 올라갔던 것일까. 잠 부스러기를 털어낼 때에야 그곳은 사진으로만 보아왔던 마추픽추였다는 것을 서서히 알게 되었다. 그리고 행복을 맛본 미미한 질감을 몸에 두른 채 하루를 보냈다. 언제고 가보리라 생각했던 그곳에 서 있을 때 알게 됐다. 나는 분명 여기에 와보았다.

폭설

Japan
Hokkaido
Biei

눈은 희다.
흰 것은 눈이 부시다.

잠시 눈부실 시간이 왔다.
거짓말이어도 좋을 시간이 왔다.

이 잠깐의 시간에는

춥다는 말을 잠시 접어둘 수 있다.

맑고 정갈하고 쨍한 날씨일 뿐이다.

희디흰 골목에서 흰 입김을 꺼내어본다.

공중에 사라져도 좋을 것들에 대하여 생각한다.

눈이 너무너무 내리는 날에는 굳이 바깥에 나가지 않아도 좋지만, 굳이 바깥으로 나간다. 양말도 두 겹으로 신고, 장갑도 두 겹으로 끼고, 목도리를 친친 감고서. 눈 오는 길을 목적 없이 걸어본다. 이 눈발을 뚫고 저쪽 어딘가에 있는 찻집에 가서 케이크 한 조각에 커피 한 잔을 마셔도 좋고, 건널목을 건너서 무작정 버스를 타도 좋을 거라고 생각하며 걸어본다. 그날은 아무 기차를 탔는데, 교복 입은 학생들이 기차에 가득했고, 간이역이 많았다. 아무 역에나 내려서 아무 길로나 걸어갔다. 아무거나 마구 셔터를 눌러 사진을 찍었다. 반사경에 비친 내 젖은 몰골도 찍었고 눈밖에는 아무것도 없는 풍경도 찍었다. 숙소로 돌아오기 위해 다시 기차를 타고 비에이역에 내렸을 때에는 커다란 구상나무에 전구가 켜져 있었다.

관광지

Philippines
Davao

나는 관광지가 고향인 사람이다.

경주 노서동 사거리 봉황대 앞에서 살았다.

옆집은 기념품 가게였고

수학여행객들로 항상 붐볐다.

사방치기나 비석치기 같은 걸 하고 놀던

꼬마였던 내게 다가와

외국인 관광객들은 같이 사진을 찍자고 했다.
동전을 쥐여주려고도 했다.

도망치듯 대문 안으로 들어가
혼자서 욕을 해댔다.
수학여행 철마다 내 골목을 누비고 다니던
이방인들을 무작정 미워했다.

친절하게 대해야 한다고
어른들에게 혼이 났고
나는 자꾸 골목을 빼앗긴 느낌만 들었다.
친구들과 골목 담벼락에 바짝 붙어서
그들이 무사히 지나가기만을 기다렸던 시간.

그들이 되어 나는 다른 도시를 그렇게 지나갔다.
그 아이들 속에 내가 있는 것 같았다.
골목 속 나는 웃고 있고 골목 속 나는 숨어 있다.

휴양지의 리조트에서 나는 친절한 사람들로 둘러싸여 있
다. 돈을 내고 팁을 주면서. 방도 치워주고 식탁도 치워주는
사람들에게 감사하다고 말하면서. 하염없이 바다를 바라보고

하염없이 물놀이를 하고 하염없이 낮잠을 자고. 휴양지에서 하염없는 휴양을 하고서, 공항으로 가는 택시를 불렀다. 친절한 사람이 내 트렁크를 차에 실어주었다. 휴양지를 벗어나자 소낙비가 쏟아졌다. 소낙비를 맞고 뛰어노는 아이들이 보였다. 무너질 듯 무너질 듯 서로 지붕을 기댄 채로 지어진 집들이 보였다. 비현실적인 휴양지와 비현실적인 공항 사이, 아주 잠시, 친절할 이유가 없는 사람들을 스쳐지나갔다.

한 달

Vietnam
Nha Trang

한 달 동안 나는
내가 가장 잘하는 것을 하려고 한다.

일을 하지 않을 것이고
책을 읽지 않을 것이다.

골똘하게 생각을 한다거나

오래오래 관찰을 한다거나

나아가서

화장을 한다거나
새 옷을 산다거나

누군가를 만난다거나
누군가를 그리워한다거나
누군가를 미워한다거나

더 나아가서

헤아린다거나
상상한다거나
표현한다거나

자책한다거나
후회한다거나
뉘우친다거나

그런 것들을 하지 않을 것이다.

한 달 동안 나는
아무것도 안 하는 것을
가장 열심히 하려고 한다.

바캉스적 인간

휴가에 대한 이야기는 나만의 비밀이 되게 하고 싶은데, 그걸 글로 써야 한다니 난감해서 그래.

휴가에 대한 글을 써보자는 제안을 받았지만 쓰는 걸 매일매일 미루고 있는 이유를 친구에게 말했다. 친구는 대뜸 내게 이렇게 대꾸를 했다.

공개할 만한 휴가 얘기는 없나보네, 응큼한 사람이네.

응큼하다는 대꾸가 유쾌해서, 나는 웃음을 터뜨렸다. 오랜

만에 응큼하단 말과 만나서 처음 듣는 말처럼 낯이 설었다. 이 낱말을 과연 사전에선 어떻게 정의하고 있는지 찾아보았다. '응큼'이라는 단어는 사전에 없었다. 표준어가 아닌 모양이었다. 대신, '엉큼하다'라는 말을 찾았다. 뜻은 이랬다.

1. 엉뚱한 욕심을 품고 분수에 넘치는 짓을 하고자 하는 태도가 있다.
2. 보기와는 달리 실속이 있다.

사전에 실린 뜻에 의하면, 나의 휴가는 언제나 엉큼했던 게 맞다. 적어도 나는 휴가를 떠날 때마다 내 분수에 맞지 않는 짓을 최대한 하자고, 내 분수에 맞지 않는 장소로 찾아가서 최대한의 호사를 누리자고 각오하기 때문이다. 분수에 맞지 않게 나를 취급해주는 유일한 며칠간. 그건 나만의 비밀이었다. 그 비밀을 글로 써야 하는 게 난감했다.

분수에 넘치는 엉큼한 여행을 맨 처음 시도했던 건 아주 오래전의 일이다. 그곳에서 나는 신선처럼 지냈다. 끼니때마다 내 방으로 식탁이 배달되어 오는 호사로운 식사를 했다. 은그릇 속에 담긴 음식들의 뚜껑을 하나하나 열어주며 서버는, 내가 식사를 하는 내내 옆에서 시중을 들었다. 혼자만을 위한 수영장이 딸려 있어 혼자서 수영을 하며 오전을 보냈고, 테라스의 비치체어에 앉아서 태양이 저물어갈 때까지 책을 읽었다. 비즈니스호텔에서나 갖추고 있는 책상이 놓여 있었고 책상 위엔 러시아 귀족들이나 사용했을 법한 오래된 스탠드가 놓여 있었다. 그곳에서 나는 시는 안 썼고 일기를 아침저녁으로 적었다. 마치 개츠비가 된 듯한 기분으로.

이렇게 멋진 곳을 소개해준 사람은 방콕의 카오산로드에서 만난 일본인 부부였다. 손을 꼭 잡고 골목을 걷다가 카페로 들어와 내가 앉은 테이블의 옆자리를 차지했던 그들은, 한눈에 보아도 베테랑 여행자의 포스가 넘쳐흘렀다. 레게 머리를 한 남자와 삭발을 한 여자. 둘은 서로를 한없이 바라보며 소곤소곤 대화를 나누고 있었고, 나는 그들에게 카메라를 보여주며 사진을 좀 찍어도 되냐고 물었다. 그들은 흔쾌히 그러라고 했다. 카메라에 담은 그들의 사진을 이메일로 보내준 날에 그들에게 답장이 왔다. 이번 여행에서 최고의 사진을 얻게 됐다며, 그 답례로 아주 특별한 장소를 알려주겠다는 내용이었다. 아무런 설명도 없이 그냥 그곳의 주소와 전화번호만을 적어주었지만, 딱히 갈 데를 정해놓지 않고 빈둥거리던 나는 '아주 특별한 장소'라는 말만 믿고 그곳으로 가기로 작정을 했다. 먼저 전화를 걸어 숙박비를 물었다. 내가 묵던 카오산로드의 게스트하우스보다 훨씬 쌌다. 당장에 짐을 챙겨 그곳으로 향했다. 파타야의 외곽에 있어 방콕에서 가까웠고 가는 길도 간단했다. 기대하지 않았던 사람이 얻는 의외의 선물이라 하기에는 완벽하게 고풍스러웠고 우아했다.

내가 마음먹은 일을 실천하지 못하는 것은, 실천할 능력이 부족해서가 아니라 무엇을 마음먹었는지를 새까맣게 잊어버리기 때문이었다. 필리핀의 어떤 섬으로 휴가를 떠났을 때의 일이다. 단지 나는 짧게 다녀올 여행지를 고르고 있었고 멀지 않은 곳이기를 바랐다. 기왕이면 바다가 있었으면 했고 관광객들이 들끓지 않는 조용한 곳이었으면 했다. 그렇게 해서 내가 찾아간 곳은 필리핀의 다바오에서 배를 타고 들어가야 하는 섬이었다. 필리핀의 전통 수상가옥으로 한 채 한 채가 지어진, 아주 아담한 그 숙소에는 내가 원하는 모든 것이 있었다. 깨끗한 바다. 간단한 스노클링으로도 만날 수 있는 알록달록한 열대어들. 매일매일 산해진미가 차려지는 레스토랑, 매일 저녁식사와 함께 펼쳐진 민속 공연. 파도 소리가 귓전에서 들리는 방, 방에서 내다보는 아무도 없는 바다. 열대우림의 산책로.

터키에서는 고단하다 싶으면 그리스행 배를 탔다. 산토리

니도 갔고, 코스섬도 갔고, 로도스섬에도 갔고, 크레타섬에도 갔다. 휴가를 그리스로 떠나기 위해 터키에서 일부러 고생을 자처하고 있었는지도 몰랐다. 터키에서 그리스로 떠났다가, 다시 터키로 돌아오는 일을 반복했다. 그때의 내겐 그리스의 섬들은 휴양지였고, 터키는 목적지였다. 그리스에서는 해변에서 바캉스 기분을 내며 지냈고, 터키에서는 생활을 했다. 그리스에서는 시를 쓰지 않았고 터키에서는 시를 썼다. 그리스에서는 좋은 레스토랑을 찾아다녔고 터키에서는 저렴한 식당을 찾아다녔다. 출국과 입국을 번갈아 하면서 여권에 도장을 받을 때마다 또 한번의 이방인이 되었다.

즐거웠지만, 나는 이상했다. 마음이 없는 사람처럼 건조해져갔다. 거울을 보면 슬픔도 근심도 말끔히 사라져, 태평한 얼굴을 하고 있었다. 바라던 것이었으나, 바라던 게 아닌 것만 같았다. 안온하되 허전한 상태. 그 허전이 난감한 상태. 나는 소파에 심드렁하게 누워 바다를 바라보다 벌떡 일어나 앉았다. 그토록 바라던 한가함을 얻었고 이토록 태평한데, 왜 헛헛해하는지에 골똘하다가 그만 불안해져버렸다. 한 톨의 슬픔조차 남지 않아 공허했고 그게 불편했다.

테라스 의자에 앉아 시를 썼다. 옆방을 쓰는 여행자들이 테라스에 나와 있다가 나를 불렀다. 같이 바다로 나가서 놀자고 졸랐다. 노을이 지는 바다에서 수영을 해야 한다며. 나는 이것만 끝내고 그러겠다고 했다. 그들은 휴가를 와서 왜 일을 하냐며, 일 중독자라고 나를 놀렸다. 그러게. 휴가를 와서 나는 지금 뭘 하는 거지.

너는 어떻게 되고 싶어?

나에게 응큼하다고 놀리던 친구가 몇 번쯤 내게 물었다. 단박에는 대답하기 어려운 질문이었다. 나는 그런 사람이 되고 싶었다. 호모 와쿠우스. vácŭus. '비어 있다'는 뜻의 라틴어였다. blank 혹은 empty에 해당하는 말이다. 나는 '호모 와쿠우스'라는 말을 어떤 지면에서 사용해본 적이 있다. 공터처럼, 아직 무언가로 채워지지 않은 채 비어 있는 사람. 그 어떤 의미도 부여할 수 없는 텅 빈 괄호의 사람. '와쿠우스'는 우리가 흔히 쓰는 '바캉스(프랑스어 vacances)'의 어원이기도 하다. '호모 와쿠우스'라는 나만의 용어에 '분수에 넘치고자 하는 태도의 사람, 즉 엉큼한 사람'이란 뜻이 친구 덕분에 첨가가 되었다.

장래 희망

Japan
Okinawa
Ojima

인류가 맨 처음 수영을 발견한 건
물에 빠져 죽을 뻔했던 덕분일 거야.

몸이 저절로 수면 위로 떠오르는
바다에 누워서 생각했다.

아, 시원해

하면서
둥둥 떠 있었다.

빵집을 순례하고
빙숫집을 순례하고
커피집을 순례하면서

내가 맨 처음 시를 발견했던 때를 떠올렸다.
뭐라도 쓰지 않으면 죽을 것 같아서가 아니라

아무것도 안 하는
무쓸모한 사람이 되기에는
시가 가장 적당했다.

아, 잘 살았어
하면서
둥둥 떠나고 싶었다.

기념품

오늘 누군가
여름은 어땠냐고 안부를 물었다.
잘 지냈다고 대답했다.

정말로 잘 지냈기에
잘 지냈다고 담백하게 말해본 게
얼마만이지 했다.

동네에서 주로 놀았다.

모종을 사 와서 키웠고

들꽃을 꺾어와서 컵에 담가

거실에 두었다.

여름의 기념품들이

내 공간에 옹기종기 모여 있었다.

여행지에서 주워온 것들

옆에서 나란히 나란히.

　미니카 옆에는 작은 인형이 있다. 인형 옆에는 조개가 있다. 조개 옆에는 레고 피규어가 의젓하게 서 있다. 피규어 옆에는 나뭇조각이 있다. 나뭇조각 옆에는 붉은 열매가 있다. 붉은 열매 옆에는 솔방울이 있다. 솔방울 옆에는 달팽이 껍질이 있다. 달팽이 껍질 옆에는 도토리가 있다. 마모된 사물들이 옹기종기 모여 있지만, 단지 사물들이 아니다. 허리를 굽혀 내가 그것들을 주웠을 때의 날씨와 바람과 하릴없던 한가한 시간들과 그것들을 주워 들었을 때의 내 감정들이 그것들을 바라볼 때면 재생이 된다. 그것들은 마치 과거의 나에게 가끔 안부를 건넬 수 있는 우체국 같다. 그 여름은 어땠니. 누군가 내게 물어올 때에 빙그레 웃으며 보여줄 수 있는 대답의 일부이다.

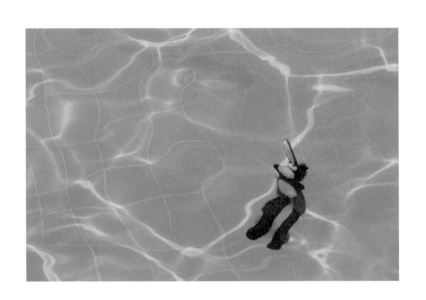

무서움 뒤에 온 것들

Greece
Creta
Hersonissos

크레타섬의 헤라클리온에서 나는 레팀노를 가기 위해 시외버스 티켓을 끊었다. 어영부영하는 사이에 반대편으로 가는 시외버스에 승차를 했다. 이 해안도로를 따라가면 오른편에 바다가 펼쳐져야 하는데, 왼편으로 바다가 펼쳐지고 있었다. 내가 실수를 한 걸까, 아닐 거야. 아니야, 실수를 한 것 같아. 불안해하며 휴대폰의 앱으로 구글지도를 열어보았다. 내 위치를 나타내는 빨간 점이, 내가 예약한 숙소가 있는 레팀노

와 야금야금 멀어지고 있었고, 차창 바깥으로는 야금야금 어둠이 내리고 있었다. 경유지에서 버스가 정차하고 몇몇 사람이 내리는 걸 목격하고 나서, 나도 다음 경유지에서는 반드시 내려야겠다고 신경을 곤두세우고 있었을 때였다. 버스 기사가 어디서 내릴 거냐고 물어보며 버스 티켓을 보여달라 했다. 내 티켓에 쓰인 도시 이름을 확인하고 아주 짧게 미간을 찌푸리다가, 버스 기사는 나에게 가방을 들고 출입구 쪽으로 나와 있으라고 안내해주었다. 이내 버스가 정차했다. 일이 잘 해결되어간다고 느끼며 기쁘게 가방을 챙겨 버스에서 내렸을 때, 더 큰 무서움이 나를 기다리고 있었다.

그곳은 정류장이 아니었다. 인도도 따로 없었다. 트렁크를 끌고 걷기엔 속도를 내며 지나가는 차들이 우선 무서웠고, 이정표도 하나 없어 어디로 가야 할지 알 수 없어 더 무서웠다. 가로등도 없어 칠흑처럼 어두운, 모르는 길 한가운데에 덩그마니 버려진 것 같았다. 고속도로를 따라 하염없이 걷다가 교차로가 나올 때에 길을 빠져나왔다. 트렁크의 바퀴 소리가 한없이 울려퍼지는 길을 드디어 벗어나게 되었다. 휴대폰의 플래시를 비추다 잠깐 멈춰 지도를 또 확인하고, 또 휴대폰의 플래시를 비췄다. 불빛을 발견하고 그곳을 향해 걸음을 재촉했다.

대문 앞에 멈춰 서서 집 안을 들여다보니 마당에서 가족들이 저녁식사를 하며 모여앉아 있었다. 경계심을 잔뜩 품은 한 남자가 나에게 다가왔을 때, 버스 티켓과 숙소의 바우처를 번갈아 보여주며 내 상황을 설명했다. 그는 이 동네에 친구가 운영하는 게스트하우스가 있는데, 그곳으로 데려다줄 수 있다고 했다. 도움을 주어 고맙다며 기꺼이 대답을 했지만, 그 순간, 눌러두었던 두려움들이 모두 동원된 듯한 커다란 무서움에 심장이 쿵쾅대기 시작했다. 이 사람의 도움이 과연 믿을 만한지에 대한 판단 불가능함이 주는 두려움. 그렇다고 다른 방법이 있는 것도 아니니 해결책이 없다는 두려움. 이 모든 두려움을 안고 나는 그 사람의 차에 올라탔다.

그는 정말로 자기 친구가 운영하는 게스트하우스에 나를 데려다주었다. 그의 친구는 나에게 저녁으로 먹을 만한 빵과 커피와 과일을 먼저 챙겨주며, 숙소비 이야기는 내일 아침에 다시 나누자 했다. 내 방과 내 침대가 주어진 뒤에야 내가 무작정 내리게 된 그 동네의 이름은 '헤르소니소스'라는 걸 알게 되었다. 다음날 아침이 되어서야 그곳은 그리스 사람들 사이에선 아주아주 유명한 서핑 명소라는 걸 알게 되었다. 거실 테라스 바깥으로 펼쳐진 바다 위를 부지런한 서퍼들이 누비고 있었다. 바다가 보이는 작은 수영장이 있고, 그 아파트에서 가장 큰 방을 '친구의 친구'라는 명목으로 나에게 아주 저렴하게 제공해주었다는 것도 알게 되었다. 그곳에서 나는 오래오래 머물렀다. 친구의 친구가 베푸는 가장 적절한 친절들을 누리면서. 그곳에서 나는 친구의 친구가 된 집주인의, 예의를 갖춘 보살핌 속에서 실컷 쉬었다. 비치체어에 누워 햇볕을 쬐고 낮잠을 잤다. 낯설었던 가구들이 내 것처럼 느껴질 때까지.

테라스에 빨래를 널어두면 한나절이면 보송보송하게 말려주는, 지중해로부터 불어오는 건조하디건조한 바닷바람을 실컷 즐기다가 나는 떠날 채비를 했다. 처음 나를 도와주었던 사람이, 아니, 이젠 친구가 된 집주인의 친구가 작별 인사를 하러 나를 찾아왔다. 그제서야 나는 그 사람에게 이름을 물어보았다. 내 이름도 알려주었다. 우정 어린 포옹을 하며 진심을 가득 담아 고맙다고 거듭 말했다. 차창 뒤로 손 흔드는 두 사람이 점점 더 멀어지는 것을 오래오래 지켜보았다. 악몽 같은 칠흑의 밤에 길을 잃었던 한 사람에게 일어난 뒷이야기가 매번 이런 행운으로 이어질 리 없으므로, 두 사람이 점처럼 작아져 안 보이게 될 때까지 그들을 바라보았다.

다 왔구나

Japan
Okinawa
Bise

끝이구나
싫어질 때에는
여행을 갔다.

끝이라 해도
더 살아야 하므로
여행을 가야 했다.

여행지에서는
그러나

끝을 찾아갔다.
한 걸음 한 걸음 걸어서
찾아갔다.

끝이구나
싶어질 때에
기념사진을 찍었다.

다 왔구나
하면서 이마의 땀을
손등으로 훔쳤다.

지도 속에서 유난히 뾰족하게 튀어나온 곳을 발견하게 되면, 괜스레 그곳이 목적지처럼 보인다. '왜' 같은 것도 필요가 없다. 목적한 바도 없으면서 목적지로 삼게 된다. 아무 생각 없이 그냥 그곳엘 간다. '아직 멀었구나' 싶다가도 '이제 절반 정도 왔구나' 하다보면 '이제 거의 다 왔네'가 된다. 그곳에 도착하면 도착을 했다는 기쁨만큼은 온전하다. 어쨌거나 끝으로 온 것이다. 오늘은 할일을 다했으니 맛있는 저녁을 사 먹으러 가야겠다 생각하며 발걸음을 돌린다. 목적한 적이 없었으므로 뒤돌아서서 등을 돌리는 일도 가뿐하다.

최종 여행지

런던에서도

파리에서도

다낭에서도

비엔티안에서도

녹슬고 삐걱댔던 것도

알록달록하고 거대했던 것도

해질녘이면
어디에서든 한번쯤
대관람차를 타러 갔다.

오늘은
서울에서 대관람차를 탔다.
태어나 처음으로.

먼 길을 돌아서
마침내 집으로 돌아온 걸
기념하는 기분으로.

최종 여행지가
바로 여기일 것 같은 기분으로.

서울의 반대편까지 가보았다. 친구와 함께 작은 시장을 걷
다가 저 멀리 보이는 대관람차를 발견했다. 줄을 서서 기다릴
때 "대관람차 타본 적 있어?" 하고 친구가 내게 물었다. 대관
람차 속에서 나도 모르게 이제 시작할 수 있을 것 같다고 나

는 친구에게 말했다. 친구는 "무엇을?" 하고 물었다. 어쩐지 다 온 것 같은 기분이 들었다. 다 온 것 같은 기분은 비로소 시작할 수 있을 것만 같은 마음에서 비롯된다는 걸 알게 됐다.

수수한 마주침

Korea
Taean

지난해 12월에 나는 서쪽 바닷가 마을에서 지냈다. 겨울이 시작되진 않았던 늦가을에 우연히 그곳에 갔다가 석양이 짙게 깔리는 수평선을 보고서, 이 풍경을 매일매일 볼 수 있다면 얼마나 좋을까 생각했는데 이내 실천에 옮긴 것이다.

한 달 숙박비를 미리 내고 부엌이 딸린 방 한 칸을 얻었다. 막상 그 한 달 동안에 지는 석양을 매일매일 만나지는 않았다. 해가 지는 시간에 저녁을 해 먹기 위해서 수산물 직판장에 가서 이 가게 저 가게를 기웃거렸기 때문이다. 장을 보겠다는 건 핑계였고, 거기서 일하는 사람들을 구경하다 말을 섞는 걸 즐겼다. 오징어 한 마리를 사도, 전복 몇 개를 사도, 가격을 묻고 흥정도 하고, 그들이 내가 편히 요리를 할 수 있게 손질을 해주는 걸 구경하며 이 동네에 대해 궁금했던 것들을 괜히 질문했다. 그 대답을 듣는 게 좋았다. 두번째 찾아갈 때에는 아는 사람이 되어 반가워하고 어제보다는 좀더 자세한 이야기를 나누면서, 그들의 사투리며 고유한 말버릇이며 표정 같은 것을 느낄 때가 더없이 좋았다. 재래시장에서 헐값에 귤 한 박스를 사면, 한 봉지씩 나눠 담아 그들에게 갖다주곤 했다. 내가 받은 게 너무 많았기 때문이다. 김치는 있느냐 하며 김장 김치를 한 포기씩 싸준다거나, 자신들이 간식으로 먹으려고 만든 해물전이나 찐 감자 같은 것을 함께 먹자고 내민다거나, 생선을 덤으로 얹어준다거나.

내 시간을 아끼느라 주로 인터넷으로 주문해 배달을 받거나, 대형마트에서 사야 할 것들을 카트에 담아 오는 것이 평소의 장보기 습관이었던 나에게는 오랫동안 잊고 있던 종류의 사귐이었기에, 다시 집으로 돌아와 그곳에서의 생활을 떠올릴 때마다 그렇게나 장관이었던 석양보다 먼저 그 사람들의 얼굴이 떠오르고 그 목소리가 떠올라서 빙그레 웃는다.

내가 요 근래에 주로 맺어온 관계는 대체로 교류나 친목에 해당한다. 나의 교류란 주로 성과에 대하여 서로 거래하거나 응원하거나 침투하는 것이다. 거리와 감정과 체면 같은 것을 미세하게 측정하고, 적정선을 지키기 위해 항상 긴장을 해야 한다. 나에게 친목이란, 준거집단에 소속되기 위해 인맥을 형성하고 정보를 교환하는 것을 목적으로 한다. 어느 정도는 모두가 모두에게 경쟁 상대이기 때문에 예의를 갖추기 위해서 겸손을 스스로에게 무장시키고, 선을 지키기 위해서 다정함과 호의도 과하지 않은 선에서 유지해야 한다. 이 모든 것을 감정 노동이라고 일축해도 과장은 아닐 것이다. '나'라는 존재는 대개 누군가의 도구로 취급된다. 사람을 만나서 힘을 얻고 용기를 얻고 살아 있다는 기쁨을 얻는 일은 점점 드물어진다. 눈치를 보고 눈치를 주고 말조심을 하면서 경계심을 최대한 갖추고 있되 경계심을 들켜서는 안 된다. 알고 지내는 사람은 많지만, 친구라고 부를 만한 편한 사이는 두어 사람에 불과하다.

아무도 만나지 않는 날에도 실은 누군가를 만나긴 만난다. 택배 기사를 만나고, 이웃과 엘리베이터에서 마주치고, 마트에서 계산원과 마주한다. 하지만 실없는 인사말조차 나누지 않는다. "감사합니다"라는 한마디 정도가 내가 건넬 수 있는 최대한의 말이다. 관계가 봉쇄된 마주침들이 도처에 매복해 있다. 봉쇄되어 있다는 것조차 느끼지 못하면서 하루하루를 살아간다. 알지 못하는 사람에게 말을 건네는 건 침범이라고 우리는 알고 있다. 침범은 아주 내밀한 사람에게만 허락하고 싶다.

복잡한 네트워크 안에서 맺어진, 고도의 기술을 요하는 관계 맺기가 아니라 그냥 지나칠 사람에게서 그냥 지나칠 정도의 따뜻함을 살포시 얹어보는 수수한 마주침. 통성명 없이도, 전화번호를 교환하지 않은 채로도, 누군가와 마주하는 일. 목소리는 조금 퉁명스러워도 표정에는 구수함이 묻어 있다거나, 이마에 흐른 땀을 옷소매로 훔쳐내면서 인심을 쓰며 씨익 웃는다거나. 그렇게 실재하는 사람을 마주치는 일. 돌아서는 뒷모습에다 대고 기약 없이 또 보자고 괜히 한마디를 얹어보는 일. 나와 유관할 리 없는 이에게서 얻는 수수하고 별것 없는 다정함. 내가 요즘 가장 간절하게 되찾고 싶은 감각이다.

며칠 전에는 옆집 아이가 눈물을 훔치며 현관문 앞에 쪼그리고 앉아 있었다. 큰소리로 엄마에게 야단을 맞는 소리가 벽 너머로 들릴 만큼 소란이 잦은 옆집이지만, 추운 겨울에 아이가 잠옷 바람으로 복도에 앉아 있는 걸 보고서 내내 마음이 쓰였다. 벌을 받고 있는 것으로 짐작되었는데, 혹시나 집에 들어가야 하는데 못 들어가는 무슨 사정이 있는 것은 아닐까 걱정도 되었다. 나는 서랍 속에서 핫팩 하나를 꺼내 복도로 나가 그 아이에게 건넸다. 추위에 조금이라도 도움이 될 거라고 말했다. "우리집에 잠시 들어와 있을래?"라고 제안하면 벌을 세우는 그 아이 부모의 의사에 반하는 것 같고, "무슨 일이 있느냐"고 묻기엔 벌을 서는 그 아이의 자존심을 건드리는 일 같아서, 그 정도 선에서 내 걱정을 덜어보려 했다. 그 아이는 어땠을까. 옆집 사람이 모르는 척을 해주길 바랐을 수도 있을 테고, 누군가 관심을 가져주길 그 어느 때보다 더 원했을 수도 있다. 아이의 마음을 생각하면서 내가 한 행동이 알맞았는지 신경이 쓰였다. 그렇게 대문 바깥에 내쫓겨 벌을 선 기억도 떠올랐다.

그때 나는 온 동네 사람들의 관심을 받았다. 한번 더 혼내고 혀를 끌끌 차고 지나가는 어른, 옆에 와 함께 서 있으며 사정을 조곤조곤 물어보고 내 마음을 토닥이던 어른, 다가와서 놀려대는 동네 친구들. 결국 길 건너 이웃집에 들어가서 그 식구들과 함께 저녁을 먹고 텔레비전을 보다가 나를 찾으러 온 엄마 손에 이끌려 집에 돌아갔다. 별다른 기억이 없는 걸로 봐서 그 이후는 무사했던 것 같다. 그때 나는 창피함을 느꼈지만, 어쩔 줄 모르는 마음을 떨쳐내야 했기에, 그 순간의 나에게는 적절치 못했던 관심까지 그럭저럭 쓸모가 있었다.

내가 원하는 방식의 순정한 관심을 얻기까지, 불순한 관심들은 어느 정도까지는 견뎌야 한다는 걸 아이였던 그때에도 이해하고 있었던 것 같다.

　결속력 없이도 행할 수 있는 다정한 관계, 목적 없이도 걸음을 옮기는 산책, 무용한 줄 알지만 즐기게 되는 취미생활, 이름도 알지 못하는 미물들에게 잠깐의 시선을 주는 일, 아무 생각도 하지 않은 채로 멍하니 앉아 있는 시간, 싱거운 대화, 미지근한 안부. 식물처럼 햇볕을 쬐고 바람을 쐬는 일. 인연이 희박한 사람, 무관한 사람, 친교에의 암묵적 약속 없는 사람과 나누는 유대감. 이 수수한 마주침을 누리는 시간이 나는 회복이라고 생각한다. 그 시간에 사람은 목소리와 표정과 손길로 실재해야 한다고 생각한다.

어떤 경우에도

Korea
Jeju

어떤 경우에도

뒤를 돌아보지 않아야겠다고 생각했던 시절이 있었다.

뒤를 돌아보지 않으면

한 걸음도 앞으로 걸어갈 수 없는 시간이 올 것은 몰랐다.

어떤 경우에도

바깥을 두리번거리지 않아야겠다고 생각했던 시절이 있었다.

바깥을 돌보지 않으면
아무것도 할 수 없는 시간이 올 것은 몰랐다.

어떤 경우에도
인간을 이해해야 한다고 마음먹던 시절이 있었다.

어떤 경우에는
인간을 이해하면 내가 훼손될 수 있다는 건 생각도 못했다.

어떤 경우에도
인간을 용서해야 한다고 마음먹던 시절이 있었다.

어떤 경우에는
용서하지 않으면 내가 감옥에 갇힌다는 건 생각도 못했다.

어떤 경우에도 도처에 새로 알게 되는 일들이 생긴다.

어떤 경우에도 도처에 새로 만나는 사람이 생긴다.

어떤 경우에도 도처에서 나는 새로 태어나야 한다.
죽을 때까지, 완전하게 숨이 멎을 때까지,

아무것도 아닌 장면을 오래 들여다볼 때가 많다. 하염없이. 생각 없이. 아무것도 아닌 장면인 줄 알지만 그 아무것도 아니라는 것이 도저히 믿기지가 않는 것이다. 아무것도 아니라는 말은 내가 아는 말 중에 가장 기만에 가까운 말이 되어간다. 아무것도 아닌 것 같지만 도무지 아무것도 아닐 수는 없는 것들에 대해서 다시 생각하는 것이 요즘 나의 주된 업무이다. 아무것도 아닌 장면을 차곡차곡 모아서 이불을 내다 널듯 이 세상에 내다 널고 싶다. 지나가는 사람 하나가 우리집을 올려다보며, 아 나도 이불 널어야겠다 생각할 수 있기를 바라면서. 화분을 대문 바깥에 쪼로록 내다놓을 줄 아는 집처럼. 그냥 지나치지 못하고 발길이 머무는 사람이 없을 수는 없는 것처럼.

공기

좋은 장소가 따로 있지 않았다.

좋은 사람도 따로 있지 않았다.

좋은 시간이라는 게 잠깐씩 나에게 찾아왔던 것이다.

먼길을 달려가 겨우 만나는 아주 잠깐의 시간.

같은 장소에서도 같은 사람이어도

좋은 시간을 보내는 일은 가끔씩만 누릴 수 있다.

항상 좋은 사람도 없고 항상 좋은 장소도 없다.

어디에 있든 누구와 있든 우리를 둘러싼 공기가 좋을 때가 있다.

아주 잠깐씩. 아주 가끔씩. 그 좋음은 카메라로는 담지 못한다.

그럴 때에 나는 시를 썼던 것 같다. 그 공기에 대하여.

집에 돌아와서. 혼자가 되어서. 책상에 반듯하게 앉아서.

좋은 시간을 보낼 때에 휴대폰을 꺼내지 않는다. 그러는 게
좋은 시간에 대한 나의 예의라고 여긴다. 그럴 때는 당연히
카메라도 꺼내지 않는다. 꺼낼 생각을 하질 못한다. 주로 좋은
순간들을 잘 겪고 난 이후에나 사진을 찍는다. 잔향처럼 좋은
공기가 나를 둘러싸고 있을 때에 그 좋음이 내 눈망울에 담겨
있을 때에, 내가 찍은 사진을 나는 마음에 들어 한다. 아주 드
물게, 그런 식으로 평생 간직할 한두 장의 사진이 생긴다.

그 좋았던 시간에

1판 1쇄 발행	2020년 11월 24일
1판 4쇄 발행	2024년 06월 12일
지은이	김소연
책임편집	변규미
편집	이희숙 박선주 이희연
디자인	최정윤
마케팅	김도윤 김예은
브랜딩	함유지 함근아 고보미 박민재 김희숙 박다솔 조다현 정승민 배진성
제작	강신은 김동욱 이순호
펴낸이	이병률
펴낸곳	달 출판사
출판등록	2009년 5월 26일 제406—2009—000034호
주소	10881 경기도 파주시 회동길 455—3
이메일	dal@munhak.com
SNS	dalpublishers
전화번호	031—8071—8683(편집)
	031—8071—8681(마케팅)
팩스	031—8071—8672
ISBN	979—11—5816—124—8 03810